# Siempre hay tiempo

# BETTY NEELS
# CAROLINE ANDERSON

HARLEQUIN®

Editado por HARLEQUIN IBÉRICA, S.A.
Hermosilla, 21
28001 Madrid

© 2001 Harlequin Books S.A.
The Doctor's Girl © 2001 Betty Neels
A Special Kind of Woman © 2001 Caroline Anderson
Todos los derechos reservados.
SIEMPRE HAY TIEMPO, Nº 1783 - 9.7.03
Título original: Marrying a Doctor
Publicada originalmente por Mills & Boon, Ltd., Londres.

I.S.B.N.: 84-671-0903-3
Depósito legal: B-22828-2003
Editor responsable: M. T. Villar
Diseño cubierta: María J. Velasco Juez
Fotomecánica: PREIMPRESIÓN 2000
C/. Matilde Hernández, 34. 28019 Madrid
Impresión y encuadernación: LITOGRAFÍA ROSÉS, S.A.
C/. Energía, 11. 08850 Gavá (Barcelona)
Fecha impresión Argentina:20.9.04
Distribuidor exclusivo para España: LOGISTA
Distribuidores para Argentina: interior, BERTRAN, S.A.C. Vélez
Sársfield, 1950. Cap. Fed. / Buenos Aires y Gran Buenos Aires,
VACCARO SÁNCHEZ y Cía, S.A.
Distribuidor para Chile: DISTRIBUIDORA ALFA, S.A.

# ÍNDICE

# LA NOVIA DEL MÉDICO

## BETTY NEELS

LA SEÑORITA Mimi Cattell emitió un gemido grave, teñido de dramatismo, seguido de una serie de sollozos entrecortados. Pero al comprobar que estos no surtían el menor efecto sobre la joven que permanecía de pie junto a la cama, se incorporó un poco, arrojó uno de los almohadones a la chica y gritó, histérica.

–¡Bien! No te quedes ahí parada, estúpida. Telefonea al doctor Gregg inmediatamente. Tiene que venir enseguida. Estoy enferma. Apenas he dormido esta noche… –hizo una pausa para estornudar.

La chica, una joven bastante tímida, tenía una figura bien proporcionada. Era baja y no demasiado atractiva, pero un par de grandes ojos verdes avivaban su rostro. Se agachó y recogió el almohadón.

–¿No debería, antes de nada, tomarse un zumo de limón caliente y una aspirina? –sugirió con cierta lógica–. Un enfriamiento siempre nos deja bastante pachuchos. Quizás necesite un día de reposo en la cama.

La mujer se había recostado nuevamente después de ahuecar la almohada.

–Por una vez, limítate a hacer lo que te he dicho. No te pago para que me des consejos. Sal y avisa al doctor Gregg. Tiene que venir enseguida –gimió de nuevo–. ¿Cómo voy a acudir a la fiesta de los Sinclair esta noche…?

La recepcionista del doctor Gregg rió con disimulo al otro lado del teléfono.

–Tiene programadas tres visitas a domicilio y después pasará consulta en el hospital. En realidad, el doctor Gregg está de vacaciones. Se ha marchado a jugar al golf una semana. Su socio lo ha sustituido. Le daré el mensaje, pero será mejor que no te comprometas a nada. Realmente no está enferma, ¿verdad?

—No lo creo. No es más que un resfriado…

—No comprendo cómo la soportas —apuntó la recepcionista, divertida.

Loveday colgó el teléfono. Ella se hacía esa misma pregunta muy a menudo, pero era un caso de fuerza mayor. Tenía que asegurarse un techo, comida y el dinero suficiente para ahorrar con vistas a un futuro incierto. Y eso significaba un par de años más a las órdenes de la señorita Mimi Cattell en el puesto de secretaria. Un título engañoso, en todo caso, ya que nunca enviaba cartas.

Eso no significaba que Loveday no tuviera trabajo. Estaba ocupada la mayor parte del tiempo. Pasaba muchas horas arreglando los armarios y ocupándose de los vestidos de Mimi. Al fin y al cabo, ¿qué sentido tenía contratar a una doncella si Loveday no tenía nada mejor que hacer? Nada excepto estar a su entera disposición todos los días y, si regresaba tarde de alguna fiesta, también por las noches.

Loveday hacía su trabajo lo mejor posible. Solo tenía una tía anciana, recluida en el pueblo de Dartmoor, a la que no conocía. Tenía veinticuatro años. Era generosa y fuerte. Y quizás algún día un hombre conquistaría su corazón. El sentido común le decía que no era lo más probable, pero una chica nunca podía perder la ilusión…

Regresó al dormitorio y encontró a Mimi enfurecida sobre su enorme cama, chillando a la infeliz criada que había llevado la bandeja del desayuno.

Loveday se adelantó y tomó la bandeja de las temblorosas manos de la chica, que amenazaba con dejarla caer. Despidió a la muchacha con un gesto de asentimiento y tomó la palabra con buen ánimo.

—El doctor vendrá tan pronto como le sea posible. Tiene que visitar a uno o dos pacientes antes —no mencionó la consulta del hospital—. Si le preparo un té aromático con limón, quizás la ayude a sentirse mejor. Así podría darse un baño y ponerse un camisón limpio antes de que llegue.

Mimi resplandeció ante la idea. Su vida giraba en torno a los hombres. Dedicaba todo su tiempo a mejorar su aspecto y quizá reuniera fuerzas para maquillarse.

–Prepara el té, pues –dijo bruscamente–. Y asegúrate de que cortan muy fina la rodaja de limón...

Loveday bajó al sótano, dónde la señora Branch y la criada hacían su vida. Llevó la bandeja y, puesto que era una chica práctica, se comió los restos de tostada y aceptó una taza de té que le ofreció la señora Branch. Tendría que haber desayunado con esta última y con Ellie, pero ya no sería posible. Sabía que preparar a la señorita Cattell para la visita del médico tomaría bastante tiempo. Terminó la tostada, cortó el limón y subió las escaleras con la bandeja primorosamente presentada.

Mimi Cattell, una belleza de la buena sociedad, mimada y consentida, se preparó para la visita del doctor con el mismo empeño que ponía antes de una fiesta.

–Y puedes hacer la cama mientras me baño. Cambia las fundas de las almohadas y no te entretengas...

Era casi la hora del almuerzo cuando volvió a la cama, cuidadosamente maquillada, con un camisón de gasa. Desgraciadamente, el efecto de ensueño se echaba a perder por los continuos sorbos de la nariz. Pero si se sonaba se le pondría roja.

Ante la pregunta de Loveday sobre qué le apetecía para comer, contestó malhumorada que no tenía apetito. Tomaría algo después de la visita del doctor.

–Y será mejor que tú también esperes –dijo–. Quiero que estés presente mientras me examina.

–Prepararé una jarra de limonada –dijo Loveday, y se retiró a la cocina.

Mientras Ellie exprimía los limones, Loveday engulló a toda prisa un plato de sopa y un pedazo de pan. Necesitaría armarse de paciencia. La idea de que el médico podría tardar varias horas en aparecer le resultaba deprimente.

Subió la jarra de limonada y, de inmediato, volvió a bajar. ¡No tenía suficiente azúcar! Se mantuvo ocupada después de aquello. Descorría un poco los pesados cortinajes de la habitación para cerrarlos después. Y rezaba para que le permitiera abrir un poco la ventana y dejar que entrara en la habitación la brisa fresca de Londres mientras Mimi se perfumaba por enésima vez con Chanel nº 5. Para entonces el emergente malhumor de su jefa estaba a punto de estallar.

–No tiene ningún derecho a hacerme sufrir de esta manera –dijo hecha una furia–. Necesito atención médica inmediata. Para cuando llegue, seguramente ya tendré neumonía. Busca el tarro de sales y tráeme el espejo del tocador.

Eran cerca de las dos de la tarde cuando Loveday sugirió que un almuerzo frugal quizás hiciera sentir mejor a la señora.

–¡Tonterías! –gruñó Mimi–. No pienso probar bocado hasta que me examine. Supongo que tú tendrás hambre. Bien, pues tendrás que esperar.

La voz aguda de Mimi se elevó hasta el chillido.

–No te pago para que te sientes y engordes a mi costa, egoísta y mezquina...

La puerta de la habitación se abrió. Ellie cedió el paso y el chillido se convirtió en una voz dulce, paciente.

–¡Doctor! Por fin...

Mimi se llevó la mano a la cara para colocar un precioso rizo junto a la oreja y así ganar un poco de tiempo.

–Creo que no nos conocemos –dijo en un ronroneo y se dirigió a Loveday–. Abre las cortinas, trae una silla al doctor y después espera junto a la ventana.

Pronunció esas órdenes en un tono de voz muy distinto.

El doctor descorrió las cortinas antes de que Loveday pudiera hacerlo y tomó una silla.

—Permita que me presente, señorita Cattell. Soy el socio del doctor Gregg y me ocupo de sus pacientes mientras él está fuera.

—Creía que no iba a venir nunca –dijo con voz tenue–. Mi salud es muy delicada, ¿sabe? Es fuente de preocupación muy a menudo. Mi pecho…

Apartó la colcha y se llevó la mano al corazón. Resultó muy molesto que el doctor se hubiera dado la vuelta.

—¿Podría abrir la ventana? –preguntó a Loveday.

Loveday pensó que al fin alguien compartía los anhelos de su corazón y abrió la ventana de par en par pese al grito angustiado de Mimi. Sabía que más tarde sufriría las consecuencias de su atrevimiento, pero en ese instante unas bocanadas de aire fresco serían un regalo del cielo.

Desde su posición disfrutaba de una perspectiva envidiable del doctor. Era un hombre bastante alto, de espaldas anchas, y tenía el pelo rubio, algo cenizo. Era bastante atractivo. Tenía la boca fina y una espléndida nariz sobre la que descansaban unas gafas. Una lástima que no pudiera apreciar el color de sus ojos…

La voz de la señorita Cattell, teñida de impaciencia, requirió su presencia junto a la cama.

—¿Estás sorda?

Un comentario que enseguida dio paso a un estornudo, lo que la obligó a sonarse la nariz con un pañuelo.

El doctor aguardó pacientemente hasta que Mimi terminó el resumen de sus males.

—Si hace el favor de incorporarse –dijo con mucho tacto–, le auscultaré el pecho.

Tenía una voz profunda, agradable e impersonal, y no parecía impresionado por el despliegue de los encantos de Mimi. Parecía no oír todos sus jadeos y los elocuentes suspiros. Fijó la vista en la pared, detrás de la cabecera de la cama, mientras utilizaba el estetoscopio.

—Un sonido tan limpio como el tañido de una campana –señaló–. Solo se trata de un resfriado. Tome una aspirina, bebidas calientes y algunos paseos enérgicos al aire libre. Vive usted muy cerca de Hyde Park, aprovéchese. Coma cualquier cosa que le apetezca y no tome bebidas alcohólicas.

—Pero no me encuentro bien —Mimi lo miró fijamente—. Estoy muy débil. Podría enfriarme…

—Tiene un catarro —repitió con gravedad y Loveday admiró su tacto con los enfermos—. Pero es usted una mujer muy saludable y sus pulmones suenan de maravilla. Se encontrará perfectamente dentro de un par de días o menos si hace lo que le he dicho.

—Eso seré yo quien lo decida —replicó Mimi con cierta brusquedad—. ¿Cuándo regresará el doctor Gregg? ¿Cuál es su nombre…?

—Andrew Fforde —alargó la mano—. Estoy seguro de que si no mejora, me avisará.

Mimi no contestó. Loveday acompañó al doctor hasta la puerta.

—Gracias por su visita, doctor —dijo muy seria.

Bajó las escaleras con él, cruzaron el vestíbulo y abrió la puerta principal. Mientras estrechaba su mano y le daba las buenas tardes, Loveday pudo observar que tenía los ojos azules.

Era una chica muy sensata y decidió bajar primero a la cocina. Allí estaban la señora Branch y Ellie, sentadas junto a una tetera.

—Te he guardado parte del almuerzo —dijo la señora Branch, y le ofreció una taza de té—. Ese no era el doctor Gregg. Ellie me ha dicho que era guapo.

—Es el socio del Doctor Gregg y es muy agradable. La señorita Cattell tiene un resfriado.

La señora Branch tendió a Loveday un canapé de queso.

—Necesitarás esto. Bien, ¿piensa salir esta noche?

—Yo diría que sí —asintió Loveday con la boca llena.

La señorita Cattell estaba furiosa. Ese médico era un estúpido y hablaría con el doctor Gregg a su regreso.

—A ese hombre tendrían que cortarle la cabeza —declaró Mimi–. ¿No se da cuenta que soy una paciente de la consulta privada? Y mientras tú ahí, de pie junto a la ventana abierta, totalmente despreocupada por mi salud.

Mimi tiró unos cuantos almohadones en todas direcciones.

–¿Dónde te habías metido? Prepárame un gin tonic…

–El doctor ha dicho que no debía beber alcohol.

–¡Haz lo que te digo! Tráemelo en vaso largo y dile a la cocinera que me prepare una ensalada y una tortilla. Y lo quiero ahora. Tengo que descansar y, mientras tanto, ocúpate de que esté todo listo para esta noche.

–¿Piensa ir a la fiesta, señorita Cattell?

–Por supuesto. No tengo la menor intención de defraudar a mis amigos. Pero volveré pronto. Te llamaré si es así.

Pasó otra media hora mientras Mimi se retocaba en la cama, daba buena cuenta de la tortilla y apuraba una segunda copa. Finalmente se tranquilizó y se dispuso a dormir una siesta. Loveday cerró las ventanas y corrió las cortinas. Una vez libre subió a su habitación, en el piso de arriba. Se descalzó y se tumbó en la cama. Algunos días eran peores que otros…

La señorita Cattell seguía dormida y roncaba cuando, una hora más tarde, Loveday se asomó a su habitación sin hacer ruido. De nuevo en la cocina, en busca de otra taza de té, aceptó agradecida la oferta de la señora Branch, que había guardado una cazuela en el horno con los restos de su cena. Sabía que Mimi no saldría hasta pasadas las ocho y media, incluso las nueve, y ella no tendría oportunidad para sentarse a la mesa antes de ese momento.

Más tarde recibió de la señorita Cattell la orden de mostrarle sus vestidos antes de decidirse por el más idóneo para esa noche. Tenía la firme intención de deslumbrar a todos los invitados y, ajena a su resfriado, tardó mucho tiempo en tomar una decisión. Tras el ritual del baño, el maquillaje y el peinado, eligió un vestido muy ligero que, a los ojos de Loveday, resultaba indecente. Pero cambió de opinión. El vestido terminó sobre un montón de ropa, en el suelo, y un llamativo vestido de noche rojo escarlata ocupó su lugar. Eso implicaba que había que cambiar de bolso y de zapatos. Mientras Loveday buscaba los complementos apropiados, Ellie recibió la orden de subir otra copa.

Mientras acompañaba a Mimi a un taxi, Loveday tuvo la desagradable sensación de que la noche se presentaría peor de lo que había sido el día. Y no le faltaba razón. Se despertó a las dos de la madrugada por la escandalosa llegada de Mimi y varios de sus amigos. Afortunadamente estos no se quedaron. Pero eso significaba que tendría que bajar las escaleras y ayudar a Mimi a llegar a su habitación.

Esa no era tarea fácil. Estaba demasiado borracha para sostenerse en pie y cargar con ella hasta el primer piso requería de un esfuerzo hercúleo. Loveday, pese a su físico, era una mujer fuerte. Pero, después de descargar el cuerpo de Mimi sobre la cama, decidió que ya había tenido suficiente. Descalzó a la señorita Cattell, la arropó con la sábana y volvió a la cama.

Al cabo de unas pocas horas tuvo que hacer frente a la rabia de su jefa, cuando esta descubrió que seguía con el vestido de crepé puesto y acostada de cualquier manera. Y fue mucho peor cuando observó que el vestido estaba arrugado y manchado. Loveday nunca había escuchado un lenguaje tan grosero...

Después de bañarse, maquillarse y cubrir su cuerpo con un camisón de satén y encaje, la señorita Cattell declaró que permanecería acostada el resto de la jornada.

–Mi resfriado ha ido a más –bufó–. Estoy mucho peor. Ese medicucho no tenía la menor idea de lo que estaba diciendo.

Loveday dirigió sus pensamientos hacia el doctor. Y no era la primera vez. A ella le había gustado. Si alguna vez caía enferma, le gustaría que él se ocupara de su tratamiento. Frunció el ceño. Claro que en circunstancias diferentes y con un camisón tan fino como el que llevaba la señorita Cattell. Apartó de su cabeza esa idea tan absurda. Pero, a medida que avanzaba el día, asumió que sentía una suerte de paz interior cada vez que pensaba en el doctor mientras la voz aguda de Mimi rasgaba el aire de la habitación.

Aprovechó la tarde libre para acercarse a la biblioteca pública. Repasó los periódicos y las revistas especializadas en busca de trabajo. Había un amplio abanico de ofertas, pero ninguna se ajustaba a su perfil. Y en todos los casos exigían referencias. No creía que la señorita Cattell diera buenas referencias de ella.

De hecho estaba bastante segura en ese apartado.

Fue la señora Branch quien le explicó que la señorita Cattell había discutido con el hombre con el que había decidido que se iba a casar. Esa era probablemente la excusa perfecta para empeorar su habitual mal humor. Había decidido combatir esa frustración con reuniones caseras con algunos de sus amigos, salidas constantes en las que arrasaba las tiendas de moda y un horario suicida.

Una mañana, después de una de las habituales fiestas de Mimi, entregaron un ramo de rosas. Ordenó que arreglaran el ramo al instante y señaló un precioso jarrón para que lucieran en él.

Loveday dispuso el ramo con delicadeza ante la atenta mirada de su jefa y recorrieron todas las habitaciones mientras Mimi decidía su ubicación. La mala suerte quiso que, presa de la impaciencia, se girara bruscamente y golpeara el jarrón, que cayó al suelo y se hizo añicos.

—¡Mi jarrón! —gritó Mimi—. Tenía un precio incalculable. Pero lo vas a pagar, estúpida…

Mimi golpeó a Loveday en un ojo.

—Estás despedida —chilló—. Será mejor que te vayas antes de que llame a la policía.

—¡Seré yo quien llame a la policía! —replicó Loveday—. El jarrón se ha roto por su culpa y además me ha pegado.

Me iré ahora mismo y puede hacer lo que quiera. Estoy encantada de marcharme de aquí.

—No te daré referencias —exclamó Mimi, roja de ira.

—No lo esperaba. Pero me debe la paga de una semana —señaló Loveday.

Dejó a la señorita Cattell plantada en medio del pasillo, subió a su habitación y guardó sus cosas con mucho orden antes de bajar a la cocina.

—Me marcho —dijo a la señora Branch—. Las echaré de menos a usted y a Ellie. Han sido muy amables conmigo.

—Ese ojo se te va a poner morado —apuntó la cocinera—. Siéntate y toma una taza de té. ¿Qué piensas hacer ahora?

—No lo sé…

—Bueno, si te sirve de ayuda, una hermana mía vive cerca de Victoria Park, en Spring Blossom Road, y tiene habitaciones. Déjame que le escriba una nota. Podrás quedarte con ella hasta que encuentres algo mejor.

Ellie no había dicho una sola palabra. Sin embargo había cortado un poco de jamón, había preparado unos bocadillos y los había envuelto para Loveday. Fue un gesto de amabilidad que estuvo a punto de quebrar la entereza de esta.

Salió de la casa poco después. Tenía la paga y todas sus pertenencias en el bolso. Procuró no pensar en todas las cosas que le había dicho Mimi. Habría querido devolverle su dinero, pero sabía que necesitaría hasta el último penique.

Spring Blossom Road distaba mucho de hacer honor al título primaveral de su nombre. Era una calle estrecha, sombría, jalonada por casas bajas de ladrillo a ambos lados. Pero parecía un lugar bastante tranquilo y todas las ventanas lucían cortinas de colores alegres. Resultó muy reconfortante descubrir que la señora Slade tenía la misma expresión amable y cariñosa de su hermana. Leyó la nota de la señora Branch e hizo pasar a Loveday.

–Ahora solo me queda libre el sótano –señaló–. Es un poco oscuro, pero está limpio. Claro que, por lo que he oído, no se parecerá en nada a lo que estabas acostumbrada. Puedes quedarte una semana mientras encuentras un trabajo. Tendrías que pagar por adelantado, pero no te cobraré más de la cuenta.

Después acompañó a Loveday hacia la parte trasera de la casa. Le ofreció una silla en la cocina y le sirvió una taza de té.

–Ese ojo no tiene buen aspecto –indicó–. ¿La señorita Cattell ha tenido una de sus rabietas? Mi hermana solo se quedará hasta que Ellie encuentre un marido. No me gustan las personas ociosas que ocupan el tiempo poniéndose desagradables.

Loveday bebió el té, fuerte y dulce, y enseguida se sintió mejor. Sabía que ocurriría antes o después. Debía sentirse agradecida por la amabilidad de la señora Branch y su inestimable ayuda. Además, contaba con la paga de dos semanas en el bolso.

Bajó con la señora Slade a inspeccionar el sótano. Era una habitación pequeña por debajo del nivel de la acera y solo alcanzaba a ver los pies de la gente a través de la ventana. Tenía un sofá cama, una mesa, dos sillas y una desvencijada butaca junto a una estufa eléctrica. Había una pila en una esquina y una puerta que conducía al descuidado jardín de la parte de atrás.

–El servicio está fuera. Es agradable y lo tienes muy a mano –explicó la señora Slade–. Esta es la llave. Será mejor que te acerques a la esquina y compres algo de comida. Hay un hornillo de gas junto a la pila, así que puedes cocinar si quieres.

Loveday se acercó a los comercios que había al final de la calle y compró huevos, mantequilla, té y una botella de leche. Todavía guardaba los bocadillos de jamón y le harían muy buen servicio para la cena…

Era una chica muy sensata. Ahora que había quemado sus naves se sentía extrañamente optimista. Más tarde, exhausta tras un día tan movido, se acostó en el sofá cama dispuesta a dormirse. El ojo le dolía bastante, pero no tenía ningún espejo donde mirarse. Tan solo disponía de la polvera, y el espejo de esta era demasiado pequeño.

A la mañana siguiente estaba lloviendo y la humedad de los primeros días del otoño ya flotaba en el aire. Loveday desayunó un huevo pasado por agua, contó su dinero y se sentó a planear el día. No recordaba a sus padres, que habían fallecido en un accidente de tren cuando ella era todavía muy pequeña. Pero su tía, que se había ocupado de su educación, le había inculcado algunos principios muy útiles. Debía aprovechar las oportunidades y eso era lo que tenía pensado hacer.

Acudiría a la oficina de empleo más cercana, miraría los anuncios por palabras en la prensa y anotaría todas las ofertas de los escaparates de las tiendas. Pero antes de ponerse en marcha se permitió divagar un poco. La señorita Cattell insistiría en ver al doctor Gregg y seguramente se quejaría del trato que le había dispensado el doctor Fforde. Confiaba en que no hiciera eso. Apenas habían intercambiado un saludo, pero tenía la certeza de que lo conocía muy bien.

Tenía el ojo prácticamente cerrado y le dolía bastante. Esa fue la razón, no le cabía la menor duda, que había determinado el comportamiento más bien frío y distante de la mujer de la oficina de empleo. Tuvo que admitir que tenía muy mal aspecto cuando apreció su reflejo en el escaparate de una tienda. Al día siguiente, si no mejoraba, acudiría al hospital más cercano. Más tarde solicitó un trabajo como camarera en un café bastante ruidoso, pero el dueño la hizo desistir enseguida.

—¿Quién querría que lo atendiera una chica con un ojo así? Te has peleado, ¿verdad?

A la mañana siguiente tomó un autobús que la llevó al hospital, a poco más de un kilómetro de distancia. Era un edificio victoriano muy grande y el servicio de Urgencias estaba atestado de gente. Puesto que su caso no era especialmente grave, le indicaron que se sentara a esperar en uno de los bancos de la sala de espera.

Pero no había un solo hueco libre. A mediodía se tomó un café y un bizcocho en la cafetería. Después volvió a la sala de espera. Seguía esperando cuando Fforde, de camino hacia una de sus rondas externas, cruzó la sala de Urgencias. Iba con retraso y apenas reparó en la multitud de rostros anónimos que lo miraban esperanzados. Ya casi había llegado a la puerta de salida cuando se fijó en Loveday. O más bien le llamó la atención su ojo, un arco iris de colores, hinchado y prácticamente cerrado.

Se trataba de la chica que había conocido en casa de la insoportable señorita Cattell. ¿Qué hacía en el extremo este de Londres con un ojo morado? Había sentido una atracción inmediata hacia ella cuando la había visto por primera vez y ahora comprendía que se alegraba de volver a verla, incluso en unas circunstancias tan peculiares. Tenía que adivinar qué había ocurrido…

Como era natural, después de terminar la ronda, los bancos de Urgencias estaban semivacíos y no había señales de ella. Impulsado por una necesidad que no se detuvo a examinar, se presentó en Urgencias y pidió revisar los casos que se habían atendido durante el día.

—Una joven con un ojo morado —preguntó a la recepcionista—. ¿Tiene su dirección? Está relacionada con unos de mis pacientes.

La recepcionista se mostró solícita. Le gustaba el doctor. Era un hombre educado, simpático y muy guapo.

—La señorita Loveday West, desempleada. Su dirección es Spring Blossom Road. No está muy lejos de aquí, a poco más de media hora a pie. Ha recibido tratamiento para su ojo y no necesita volver.

El doctor agradeció la información. Después caminó hasta su coche y regresó a su consulta. Tenía que recibir a dos pacientes y ya llegaba tarde…

No había ningún motivo que lo impulsara a sentir esa urgencia por volverla a ver. Había sonreído con cortesía, se habían intercambiado un saludo en la puerta y eso había sido todo. Pero si se presentaba una oportunidad…

Algo que ocurrió, y mucho antes de lo que hubiera sospechado.

A la mañana siguiente, cuando llegó a la consulta, se encontró con su secretaria, la señorita Priss. Era una mujer menuda de mediana edad, con voz tenue, que solía hacer crujir los nudillos cada vez que se ponía nerviosa. Pero, pese a todo, era el puntal y el sostén principal de su trabajo. Incluso en su estado de agitación no olvidó dar los buenos días antes de explicar que había recibido muy malas noticias. Tenía que volver a su casa. Su madre había enfermado y solo estaba ella para cuidarla…

El doctor Fforde aguardó hasta que la mujer recuperó el aliento.

—Por supuesto que tiene que marcharse. Llame un taxi y quédese el tiempo que sea necesario. El doctor Gregg regresa hoy y yo no estoy ocupado. Nos las arreglaremos muy bien. ¿Tiene suficiente dinero? ¿Quiere telefonear antes de marcharse?

—Sí, gracias —dijo—. No, no hay nadie a quien llamar.

—Entonces pida un taxi y le diré a la señora Betts que le traiga una taza de té.

La señora Betts se encargaba de la limpieza de las consultas. Era igual que un gorrión, pequeña y alegre. Y estaba encantada de formar parte de ese pequeño drama.

La señorita Priss, fortalecida por lo que la señora Betts denominaba su «infusión especial», se puso en camino. El doctor Fforde ocupó su despacho y llamó a la primera agencia que encontró en la guía. Enviarían a alguien, pero no llegaría hasta la tarde. Tuvo suerte de que el doctor Jackson, que pasaba consulta en la habitación contigua, se hubiera ausentado ese día. Su secretaria accedió a ocupar el sitio vacante de la señorita Priss durante la mañana…

La chica de la agencia era joven, bonita e ineficaz. Al cabo de la jornada siguiente, el doctor Fforde, un hombre acostumbrado a mantener la calma, estaba a punto de perder los estribos. Entró por una callejuela hasta su casa, oculta tras la terraza de una gran mansión de estilo georgiano, y cruzó el vestíbulo hasta la cocina. Su ama de llaves, la señora Duckett, estaba de pie preparando un pastel.

Dirigió una mirada comprensiva al rostro cansado del doctor.

—Creo que lo que necesita es una taza de café, señor. Relájese en su estudio y se lo llevaré en menos que canta un gallo. ¿Ha tenido un día muy movido?

El doctor Fforde le contó lo sucedido con la señorita Priss.

Se marchó a su despacho, levantó en el aire la vieja gata de la señora Duckett y se sentó con el animal sobre sus rodillas. La idea de pasar otro día con la sustituta, enfrentado a su risita histérica y su falta de sentido común, le resultaba insoportable.

Tenía que hacer algo al respecto. Y mientras cruzaba esa idea por su cabeza, comprendió que tenía la respuesta.

Loveday había regresado del hospital con la certeza de que carecía de sentido buscar trabajo mientras no remitiera la hinchazón del ojo. Aún tardaría varios días, según el médico que la había atendido, pero no revestía gravedad. Tendría que lavárselo muy a menudo y volver al hospital si no mejoraba en un par de días.

Así que había regresado a su habitación, en el sótano, con una lata de judías y el periódico que alguien había olvidado en uno de los bancos de la sala de espera. Era un poco tarde para comer, así que tomaría las judías con un té y se acostaría.

Un aullido constante y muy tenue había despertado a Loveday. Había abierto la puerta del patio trasero y un gato muy pequeño se había colado en la habitación, agazapado en una esquina. Loveday había cerrado la puerta, le había ofrecido un platillo de leche y había observado la voracidad del pobre animal, que lo había engullido sin respirar. Así que había desmigado un trozo de pan sobre un poco más de leche y lo había visto desaparecer a la misma velocidad. Era un gato tan escuálido que daba pena, tenía el pelo enmarañado y parecía muy asustado. Ella había vuelto a la cama y, al poco rato, la pequeña bestezuela había trepado y se había acomodado sobre la vieja colcha.

—Así que ahora tengo un gato —había murmurado Loveday, y se había dormido.

Por la mañana su ojo tenía mejor aspecto. Todavía lo tenía de mil colores, pero al menos podía abrirlo un poco más. Se vistió mientras hablaba con mucha dulzura al gato, que permaneció todo el tiempo acurrucado en la esquina, y salió para preguntar a la señora Slade si conocía al dueño del animal.

—Me temo que no, querida. Sus propietarios han debido de dejarlo abandonado.

—Entonces ¿le molestaría mucho si me lo quedara? En cuanto encuentre trabajo y me traslade, me lo llevaré conmigo.

—¿Por qué no? Nadie más va a preocuparse por esa criatura. Ese ojo está mucho mejor.

—Ayer fui al hospital. Me aseguraron que estaría bien en un par de días.

Ella y el gato almorzaron pan con mantequilla y leche. El animal recobró fuerzas e hizo un débil intento de limpiarse mientras Loveday hacía las cuentas. Después se acomodaron juntos en la silla y dormitaron un rato hasta que llegó la hora de hervir el agua para el té, mientras el gato se terminaba los restos del pudín de arroz.

Estaba anocheciendo cuando escuchó un golpe en la puerta. El gato saltó y corrió a esconderse debajo del diván. Un segundo golpe siguió al primero. Loveday se levantó y abrió la puerta.

—¡Hola! —dijo el doctor Fforde—. ¿Puedo pasar?

No esperó que ella cerrara la boca, atónita, y entró en la habitación.

—Ese ojo tiene mal color —añadió al instante.

No tenía sentido que fingiera que no lo conocía. Encantada de volverlo a ver, e imbuida de un sentimiento que la llevaba a pensar que era perfectamente natural que él se hubiera presentado para interesarse por su estado, Loveday sonrió.

—¿Cómo ha sabido dónde encontrarme?

—Ayer la vi en el hospital. He venido para pedirle un favor.

—¿Un favor? ¿A mí? —y miró a su alrededor—. No estoy en disposición de hacer muchos favores en este momento.

—¿Podemos sentarnos? —preguntó, y ocupó la silla de la cocina frente a la butaca—. Pero antes… ¿puedo preguntarle qué hace aquí? ¿Vivía en casa de la señorita Cattell, verdad?

—Bueno, sí. Pero rompí un jarrón muy caro y…

—¿Así que le dio una bofetada y la echó a la calle?

—Sí.

—¿Y por qué está aquí?

—La señora Branch, la cocinera de la señorita Cattell, me envió aquí. Su hermana, la señora Slade, es la propietaria. Y no tenía a donde ir.

El doctor se quitó las gafas, las limpió y volvió a ponérselas.

—Hay un gato debajo de la cama —señaló con agrado.

—Sí, ya lo sé. Está muerto de hambre. Había pensado cuidar de él.

El doctor suspiró en silencio. No solo iba a ocuparse de una chica con el ojo morado, sino también de un gato callejero. ¡Tenía que estar loco!

—El favor consiste en lo siguiente —dijo—. Mi secretaria, que lleva mi consulta, ha tenido que ausentarse por motivos personales. ¿Aceptaría ocupar su puesto hasta que ella pueda reincorporarse? No es un trabajo difícil.

Tendría que abrir la consulta, atender el teléfono y tratar con los pacientes. El horario resulta poco convencional algunas veces, pero solo hace falta un poco de sentido común.

Loveday se sentó y lo miró fijamente. Finalmente, puesto que el doctor aguardaba tranquilamente una respuesta, tomó la palabra.

—Sé algo de taquigrafía y puedo escribir a máquina, pero no entiendo nada de ordenadores. Además, no creo que funcionara… con el ojo en este estado. Y no puedo dejar solo al gato.

—No quiero que se preocupe por la informática, claro que la mecanografía es un punto a su favor. Tiene una voz muy agradable y es una persona discreta. Son dos características que los pacientes aprecian. Y no veo ninguna razón para que no se quede el gato.

—¿Esto no está muy lejos de su consulta? Me pregunto por qué ha venido hasta aquí. Quiero decir que habrá un montón de recepcionistas muy cualificadas en todas esas agencias de empleo.

—Desde que la señorita Priss se marchó hace dos días he soportado los servicios de una encantadora joven que llama «cariño» a mis pacientes y que lloró desconsolada porque se había roto una uña con la máquina de escribir. Además es muy atractiva, y eso no es una ventaja para el puesto que le ofrezco. Yo no quiero que me distraigan y mis pacientes tienen cosas más importantes en qué pensar, más allá de una cara bonita y una figura esbelta.

Eso significaba que Loveday tenía el tipo de expresión anodina en quien nadie se fijaría más de una vez. Material de segunda clase, en definitiva.

—¿Y dónde viviría?

—Hay un pequeño apartamento en el piso superior de la casa donde paso consulta. Hay dos médicos más en la planta, y la casa se vacía por las noches. Podría quedarse allí, si quiere. Y el gato también, por supuesto.

—¿Lo dice en serio?

De pronto toda su persona adquirió una presencia severa, imponente.

—Por supuesto que hablo en serio, señorita West.

Loveday procuró disculparse de un modo algo atropellado.

—Quiero decir que apenas nos conocemos. Somos dos desconocidos, ¿no cree? Y sin embargo está aquí y me ofrece un trabajo. Parece demasiado bueno para ser cierto.

—Es una oferta sincera. Y no olvide que tan solo la urgencia que tengo por conseguir los servicios de una ayudante cualificada me ha llevado a ofrecerle el trabajo. Siempre podrá marcharse si lo desea, a condición que me avise con tiempo para encontrar otra persona. Y si la señorita Priss regresara, recuperaría su puesto. Ese es un riesgo que tendría que asumir —de pronto sonrió abiertamente—. Ambos corremos riesgos, pero los dos podemos salir muy beneficiados.

Era una proposición sensata y muy práctica. Las dudas que acechaban a Loveday se disiparon como la niebla de la mañana. No tenía futuro y ahora se le presentaba en bandeja la seguridad de un trabajo, incluso si era algo temporal.

—De acuerdo —dijo Loveday—. Acepto.

—Gracias. ¿Estaría lista si la cito mañana por la mañana a las ocho y media? No espero a mi primer paciente hasta las once y media, así que dispondría de tiempo para ponerse al día —se levantó y tendió la mano a Loveday—. Creo que nos entenderemos bien, señorita West.

Ella estrechó la mano del doctor y sintió la firmeza cordial de su apretón.

—Estaré lista. Y el gato también. ¿No habrá olvidado el gato?

—No, no lo he olvidado.

# CAPÍTULO 2

LOVEDAY fue a ver a la señora Slade para contarle la buena noticia. La mujer mostró ciertas dudas, pero ella le aseguró que el doctor Fforde no era un extraño.

—Bueno, pareces una chica muy sensata, pero si necesitas ayuda, ya sabes adónde acudir —señaló la mujer.

A la mañana siguiente le preocupaba que el minino intentara huir, pero el pobre animal estaba demasiado débil y cansado. Se limitó a pegarse a ella cuando llegó el doctor. Este le dio los buenos días en un tono muy profesional, la acompañó hasta el coche, guardó su equipaje en el maletero y se alejaron.

Todavía se alegraba de volverla a ver, pero le esperaba un duro día de trabajo y a veces se hacía tan largo…

Loveday lo comprendió enseguida y procuró no distraerlo con su cháchara. Se recostó en el asiento, abrazada al gato, y disfrutó del paseo en un auténtico Bentley.

La consulta estaba en una casa de una calle tranquila. El doctor condujo a Loveday hasta un pequeño vestíbulo de techo alto y subieron las escaleras hasta el piso superior. Había varias puertas y, antes de subir el siguiente tramo de escaleras, el doctor señaló con un gesto la última puerta.

—Mi consulta es en la última habitación. Pero antes te enseñaré tu apartamento.

Subieron más escaleras hasta una última planta, más estrecha, que terminaba en una puerta. El doctor sacó una llave del bolsillo y abrió. La entrada daba directamente a una pequeña habitación. Había una ventana abierta que daba al techo de la habitación del piso inferior. Había otras dos puertas, pero no las abrió.

—El portero subirá tu maleta. Te espero en la consulta dentro de… ¿diez minutos?

Y se marchó. Ella se giró lentamente y trató de asimilarlo todo poco a poco. Pero no disponía de mucho tiempo. Abrió una de las puertas y descubrió una habitación pequeña. Apenas contaba con el espacio justo para una cama individual, una mesa, una silla y un espejo. Tenía una ventana pequeña y las cortinas eran muy alegres. Seguía con el gato entre sus brazos. Abrió la otra puerta. Había una cocina minúscula y, entre el salón y la cocina, estaba el baño, todavía más pequeño.

Loveday contuvo la respiración como una niña pequeña y fue a ver quién llamaba. Era el portero el que subía su maleta.

—Me llamo Todd, señorita. Estoy aquí todo el día hasta la siete de la tarde. No dude en llamarme si necesita algo.

Ella le dio las gracias, instaló al gato sobre la cama y le dio de comer. Después se arregló el pelo, se empolvó la nariz y bajó a la primera planta. Tendría que haberse puesto nerviosa, pero no había tenido tiempo.

Llamó y entró. Supuso que la primera habitación era la sala de espera, pintada en azul y gris, y con un par de bonitos bodegones en la pared. Había una mesa de trabajo en una esquina con un armario botiquín detrás.

—Es por aquí —oyó la voz del doctor Fforde y cruzó una puerta entreabierta hasta la habitación donde él estaba sentado. Se levantó al verla llegar.

Él comprobó, satisfecho, que lucía muy buena presencia. Iba muy pulcra y su ojo morado había mejorado bastante. Ya se atisbaba un vivo reflejo verde esmeralda debajo del párpado hinchado.

—Voy a enseñarte cómo funciona todo y dónde están las cosas. Después tomaremos un café mientras te explico en que consistirá el trabajo. Habrá tiempo más tarde para que te familiarices con todo. Ya te dije que no era necesaria experiencia, tan solo se requiere una sonrisa para tratar con los pacientes y paciencia para la rutina diaria.

Enseñó a Loveday la sala de curas, a la que se accedía desde su despacho.

–La enfermera Paget suele venir a las diez, salvo que haya citado a un paciente más temprano. No está todo el día, ya te explicará ella su horario cuando os conozcáis. Y esta es la sala de espera, que será nuestro pequeño reino.

Las tareas de Loveday eran sencillas. Estaba segura de que podría hacerse con el puesto sin excesivos problemas. Además tendría la sobremesa libre y podría repasar sus funciones. El doctor le había dicho que esperaba tres pacientes a partir de las cinco.

–Tu horario será el siguiente. Empezarás muy temprano, a las ocho de la mañana. Dispondrás de una hora para comer, entre doce y una. Y podrás tomar el té siempre que tengas un rato libre por la tarde. Cerramos a las cinco en punto, pero te advierto que suelo tener con bastante frecuencia gente después de esa hora y necesitaré que te quedes. El sábado solo trabajarás media jornada y el domingo será tu día libre. La señorita Priss acostumbra a prepararlo todo los sábados por la mañana para tenerlo listo el lunes a primera hora. ¿Podrás con todo?

–Sí –afirmó Loveday–. Si no lo hago todo a su gusto, ¿me lo dirá?

–Sí. Y, en cuanto al salario…–y propuso una cantidad que impresionó a Loveday.

–Es demasiado –dijo convencida–. No olvide que no pago nada por el alojamiento.

–Permíteme tomar mis propias decisiones, señorita West –replicó con una mirada azul fría como el hielo.

–Está bien, doctor –asintió sumisa, pero no había ninguna señal de docilidad en la chispa que iluminaba su mirada.

Habría preferido que no la llamara señorita West,

pero puesto que era su empleada supuso que tendría que plegarse a su voluntad y aceptar que se dirigiese a ella del modo que le viniera en gana.

Esa noche, acostada en la cama con el gato enroscado a sus pies en uno de sus jerséis de lana, medio dormida, Loveday repasó el día. No había tenido problemas con los dos primeros pacientes de la mañana. Había recibido a cada uno por su nombre, los había acompañado hasta la puerta para despedirlos, les había dado hora, se había encargado de rellenar sus fichas y cuando el doctor, tras un leve gesto de saludo, se había marchado, ella había cerrado la puerta y había subido a su nuevo hogar.

Todd había dejado frente a su puerta todo lo necesario para el gato. Loveday había abierto la ventana, había colocado las cosas a su gusto y había observado cómo el animal se había encaramado en la ventana y después había vuelto a bajar. Había preparado su comida y ella se había tomado un bocadillo de queso y una taza de café.

Había pasado la tarde merodeando por las consultas, repasándolo todo una y otra vez. Quería que su trabajo estuviera a la altura de un sueldo tan alto.

El doctor había vuelto poco antes que su primer paciente de la tarde. Había rechazado el té que ella le había ofrecido y, después de que el último paciente del día se hubiera marchado, el doctor había hecho lo propio al poco tiempo. Pero antes había observado que ella parecía bien instalada y le había dado las buenas noches. Loveday se había sentido un poco herida por su parquedad de palabras, pero se había consolado al pensar que el doctor llevaba una vida muy ajetreada. Y aunque le hubiera ofrecido un trabajo y un techo, esa no era razón para que su preocupación por ella fuera más lejos.

Había pasado la tarde haciendo números, anotando todas las cosas que le gustaría comprarse con tanto dinero. Era una lista muy larga…

El doctor Fforde había conducido hasta su casa. No le cabía la menor duda de que Loveday se había adaptado perfectamente a su nuevo trabajo. Sus pacientes, acostumbrados a la corrección austera de la señorita Priss y conscientes del motivo de su ausencia, habían expresado su pesar y habían comentado la idoneidad de su sustituta. Quizá no tuviera la presencia de la señorita Priss, pero tenía muy buenos modales y una voz muy agradable...

Loveday había dormido profundamente, con el gato enroscado a sus pies, y se había despertado con la agradable sensación de que iba a disfrutar de un buen día. Dejó al gato en el suelo para que se entretuviera, como así fue, mientras se duchaba y preparaba el desayuno. Se preguntó quién habría tenido la buena idea de comprar varias latas de comida para animales mientras observaba cómo el gato se lo zampaba todo a bocados.

—Empiezas a parecer un verdadero gato –dijo ella– y a merecer ese nombre. Creo que voy a llamarte Sam y creo que es bueno tener a alguien con quien hablar.

Instaló al animal cómodamente entre las lanas, dejó la ventana abierta y bajó a abrir la consulta. Todavía era pronto y tan solo estaba el portero, que la saludó muy afable.

Ella le agradeció el gesto y abrió la puerta de la sala de espera. Quitó el polvo y limpió los muebles, cambió el agua de las flores de los jarrones, arregló su mesa de trabajo, sacó las fichas de los pacientes del día y lo dispuso todo para preparar café. Una vez hecho, se sentó junto a la ventana y observó la tranquilidad de la calle.

Al escuchar el motor del Bentley detenerse, bajo la ventana y ocupó su sitio en la esquina de la habitación.

El doctor entró poco después y la miró de reojo mientras le deseaba los buenos días con efusión y suspiraba aliviado. Su impresión del primer día no había sido un simple espejismo. Realmente su presencia era impecable y parecía muy capacitada. Estaba sentada en su mesa, dispuesta a fundirse con el fondo hasta que él reclamase su ayuda. Se paró frente a su puerta.

–¿Algún problema? ¿Estás bien instalada en el apartamento?

–Sí, gracias. No hay ningún problema. ¿Le gustaría un café? Solo tardará un minuto.

–Gracias. ¿Te importaría llevármelo a la consulta?

Puesto que ella no hacía ningún esfuerzo por atraer su atención, el doctor Fforde se olvidó de su presencia y se concentró en sus pacientes. Pero no olvidó, antes de salir para atender las visitas a domicilio, despedirse de ella y recordarle que estaría de regreso esa tarde.

Mientras disfrutaba de un almuerzo frugal, apoyada en el marco de la ventana, Loveday observaba al gato estirándose bajo el sol otoñal. Narró al animal los incidentes de la mañana y los malos momentos que había pasado cuando había perdido unas notas.

–Afortunadamente las he encontrado –le explicó–. No puedo arriesgarme a meter la pata, ¿verdad, Sam? No deseo que la señorita Priss se preocupe por su madre, pero espero que me dé tiempo a ahorrar un poco de dinero y a encontrar un buen trabajo en el que te admitan. Sí, ya lo sé, Sam –prosiguió Loveday–. No lo compartiré contigo, te lo prometo.

Al término de la semana encontró un sobre en su mesa con la paga. Fue a ver al doctor para agradecérselo y él tomó la palabra.

–Pasaré fuera el fin de semana. ¿Estarás aquí por la mañana? Contesta al teléfono. Si hay algún mensaje urgente puedes localizarme en el número que hay sobre mi mesa. Deja el contestador cuando te marches. Tengo un paciente el lunes a las nueve y media de la mañana –se detuvo en la puerta–. Espero que pases un buen fin de semana.

El sábado a mediodía cerró la consulta y subió a su pequeño apartamento. Elaboró la lista de la compra con Sam en su regazo, comió algo, ordenó al gato que se portara bien y salió decidida a recorrer las tiendas del vecindario. El portero le había asegurado que a cinco minutos a pie encontraría comercios que cubrirían todas sus necesidades.

Loveday regresó al apartamento y guardó la compra. Todavía no estaba segura de si podría ausentarse durante el día y había comprado suficiente comida para varios días. Se sentó para degustar el té y empezó una nueva lista dedicada a la ropa. De momento solo era una ilusión, pero no tenía nada de malo pensar en lo que se compraría una vez que hubiera ahorrado lo suficiente.

El domingo por la mañana fue hasta St. James Park y Hyde Park. Tomó un café en el camino. Hacía bastante frío, pero se sentía muy feliz. Era libre, tenía dinero y una casa a la que regresar. ¿Qué más podía pedir? Bueno, la verdad era que todavía podía desear bastantes cosas: un marido, hijos, un hogar… y ser amada.

—Una pérdida de tiempo —dijo, sin nadie que atendiera sus palabras—. ¿Quién querría casarse conmigo y cómo lo conoceré?

Avanzó con pasó enérgico. Tendría que amarla aunque no fuera bonita. Y, a ser posible, tendría que tener una buena posición para que vivieran en una buena casa. Y tendrían que gustarle los niños. Daba igual qué aspecto tuviera… Hizo una pausa. La verdad era que sí que le importaba su aspecto. Y no lamentaría que llevara gafas sobre una espléndida nariz…

—Te comportas de un modo ridículo —se dijo Loveday—. Solo porque es el único hombre que te ha dirigido la palabra en estos últimos años.

Volvió al apartamento y disfrutó de un almuerzo lujoso. Después se sentó en la silla con Sam en su regazo y leyó el periódico de principio a fin. Luego llegó el té, la cena y la cama.

—Muchos dirían que ha sido un día desperdiciado, pero hemos disfrutado cada minuto —le dijo a Sam.

La semana comenzó bien. La enfermera, a la que veía

raras veces, la había tratado con cierta frialdad al principio. Pero después, al comprobar que Loveday no amenazaba su posición, se había vuelto extrañamente amistosa. En cuanto al doctor Fforde, seguía tratándola de un modo enérgico y afectuoso, algo que ella recibía con desaliento. Pero era lo lógico…

Era casi el final de la semana cuando el doctor apareció por la consulta más pronto de lo habitual. Ella le ofreció café y, puesto que no tenía ninguna tarea pendiente, se tomó la libertad de decirle que Sam estaba recuperado y que su aspecto había mejorado.

–Y es un animal muy inteligente –añadió–. Tendría que subir algún día para verlo…

Nada más dejar escapar aquellas palabras deseó que nunca hubiera ocurrido. El doctor respondió con mucha frialdad.

–Me alegra saber que se ha recuperado tan bien –replicó en un tono despectivo y ella se sonrojó, avergonzada.

Obviamente, la idea de subir a su apartamento para comprobar la recuperación del gato era ridícula. Como si él tuviera el menor interés…

Ella escondió la cara contra el armario botiquín. Nunca volvería a cometer un error semejante.

El doctor Fforde, al verla, se preguntó cuál sería la mejor manera de explicarle que visitar su apartamento provocaría comentarios, sin duda inocentes, pero que valía más evitar en lo posible. Prefirió guardar silencio y le pidió a Loveday, con su tono habitual, que llamara al hospital y dijera que llegaría media hora tarde.

–La señora Seward tiene una cita después del último paciente –dijo–. Ella no es una paciente, así que hazla pasar en cuanto llegue.

El último paciente acababa de marcharse cuando apareció la señora Seward. Era una mujer alta, esbelta, muy atractiva, bien arreglada y llevaba el tipo de ropa con el que Loveday solo podía soñar. También tenía una sonrisa preciosa.

–¡Hola! Eres nueva, ¿verdad? ¿Qué le ha ocurrido a la señorita Priss? ¿Andrew ha terminado? Creo que llego un poco pronto.

–¿Señora Seward? El doctor Fforde la está esperando.

Loveday abrió la puerta y se echó a un lado para dejar paso a la señora Seward. Antes de cerrar escuchó la voz del doctor.

–Margaret, esto es maravilloso.

–Andrew, ha pasado tanto tiempo… –fue la respuesta de la señora Seward.

Loveday regresó a su mesa y sacó las fichas de los pacientes de la tarde. Anotó los nombres y los números de teléfono en la agenda del día. Había llegado la hora del almuerzo, pero suponía que debía quedarse en su puesto. Ellos saldrían pronto y ella podría cerrar la consulta. El doctor estaría en el hospital y ya no esperaban más pacientes hasta las cuatro de la tarde.

No tuvo que esperar mucho. Salieron juntos al poco rato. El doctor se paró junto a su mesa y le pidió que cerrase la consulta.

–El próximo paciente no vendrá hasta las cuatro –dijo–, así que no hace falta que vuelvas hasta las tres.

El tono de su voz era tan amable como su sonrisa. La señora Seward también sonreía. De camino al coche dejó clara su impresión.

–Me gusta la nueva recepcionista –dijo la señora Seward–. Un ratón con los ojos verdes.

No quería desaprovechar la hora suplementaria de la que disponía, así que Loveday engulló un bocadillo, dio de comer al gato y fue a la compra. Regresó cargada con los artículos más esenciales, un buen número de latas de comida para Sam y varios libros. Había visto que la curiosa tienda encerrada entre el ultramarinos y la carnicería vendía casi de todo. Se había fijado en unos transistores muy baratos y se prometió a sí misma que el día de la paga se compraría un aparato de radio. Había comprado un ramo de crisantemos. Quizás no estuvieran tan frescos como habría sido deseable, pero añadirían una nota de color al apartamento.

El doctor regresó cinco minutos antes que su primer paciente, aceptó la taza de té que ella le ofreció y, al término de la jornada, se despidió de ella sin perder tiempo.

—Esta noche saldrán juntos —dijo Loveday en voz alta—. Cenarán en uno de esos restaurantes con lámparas en cada mesa. Y luego irán a bailar. Es una mujer muy guapa. Forman una gran pareja.

Cerró todo con el cuidado que la caracterizaba y subió para dar la cena a Sam y prepararse un té. Disfrutaría de una agradable velada: una tortilla y después una hora de lectura con una de sus novelas de segunda mano.

—Me estoy convirtiendo en una solterona —se dijo Loveday.

Por la mañana tuvieron noticias de la señorita Priss. Su madre se recuperaba favorablemente de la embolia, pero todavía tendría que permanecer diez días en el hospital. Después volvería a su casa donde recibiría las atenciones de su hija y un cuidador. Contaba con muchas probabilidades de restablecerse y entonces la señorita Priss podría incorporarse a su trabajo, en cuanto arreglara todo lo necesario para que su madre quedara en buenas manos.

El doctor refirió esto sin entrar en más detalles. Loveday, que lamentaba mucho lo ocurrido, no pudo reprimir cierta sensación de alivio. Sabía que, antes o después, la señorita Priss recuperaría su puesto. Pero cuanto más tardara, más dinero podría ahorrar ella. Así, gracias a la experiencia adquirida y a la recomendación del doctor, tendría más posibilidades de colocarse. Tenía que procurar mantener la boca cerrada y no mencionar para nada al bueno de Sam.

El doctor experimentó, en principio, cierta diversión ante esa resolución y enseguida le extrañó la actitud tan recta que ella mostraba con él. En poco tiempo se había vuelto casi tan eficaz como la señorita Priss. Era muy discreta, atenta con sus pacientes, estaba dispuesta a iniciar la jornada temprano y no ponía reparos en quedarse hasta tarde si era necesario. Desaparecía escaleras arriba con tanto sigilo que apenas notaba su marcha. Y siempre estaba lista cuando él llegaba por las mañanas. Era lo que esperaba y por lo que le pagaba, pero sentía cierta extraña inquietud y descubrió que pensaba en ella con mucha frecuencia.

Unos días más tarde Loveday bajó más pronto de lo normal. Ese día esperaban más pacientes de lo habitual. El doctor querría que todo estuviera listo a su llegada.

Había un hombre en el descansillo, de pie, con las manos en los bolsillos y mirando por la ventana. Se volvió para mirarla cuando ella llegó a la puerta. Sonrió y le dio los buenos días con afabilidad.

—Confiaba en que alguien llegara pronto. Me encantaría una taza de café –y añadió ante la mirada atónita de ella–. No se preocupe, a Andrew no le molestará.

Ella seguía de pie, mirándolo, y el hombre insistió con impaciencia.

—¡Vamos, abra la puerta!

—No pienso hacerlo –replicó–. No sé quien es usted. E incluso si me lo dice, no hay manera de que sepa si dice la verdad. Lo lamento, pero si quiere que lo vea el doctor tendrá que volver a partir de las nueve.

Puso la llave en la cerradura.

—No voy a dejarlo pasar –declaró.

Se apresuró a cerrar con cerrojo después de entrar y lo dejó fuera. El desconocido se había comportado con mucha seguridad, mostrando cierta familiaridad con el entorno y el doctor, pero podía estar mintiendo tan fácilmente…

Se dedicó a sus tareas matinales y preparó todo tal y

como le gustaba a su jefe, incluido el café listo para servir. El doctor entró en ese instante, acompañado del joven de la puerta, y ambos reían abiertamente.

El doctor la saludó con el tono habitual, pero su acompañante no fue tan discreto.

—Ya ve que soy una visita legal. ¿No se arrepiente de haberme tratado tan mal? Yo solo quería que me dejara pasar y me ofreciera una taza de café.

—Podía haber sido usted un ladrón —replicó ella.

—Bien dicho, Loveday —intervino el doctor—. Has hecho lo correcto. Y puesto que mi primo no ha tenido el buen gusto de presentarse, yo lo haré en su nombre. Charles Fforde, la señorita Loveday West, mi recepcionista más eficiente.

Charles le tendió la mano y, tras una breve pausa, ella se la estrechó.

—¿Qué le ha ocurrido a la señorita Prissy?

—Ya te lo contaré. Pasa a mi despacho. Hay tiempo para que tomemos un café, pero tendrás que irte antes de que lleguen mis pacientes —el doctor abrió la puerta—. Quedaré libre a eso de la una. Podemos comer juntos.

Loveday sirvió el café. Charles era mucho más joven que el doctor. Tendría su misma edad. Era atractivo e iba bien vestido. Pensó con cierto disgusto que parecía uno de los amigos de la señorita Cattell, claro que mucho más joven.

Charles no se quedó mucho tiempo. Al salir, se paró junto a su mesa de trabajo.

—¿Alguna vez te han dicho que tienes unos ojos preciosos? El resto resulta ciertamente encantador, pero no quita el aliento. ¡Pero esos ojos…!

Se inclinó y la besó en la punta de la nariz.

—Hasta la próxima —dijo y salió por la puerta justo cuando entraba la primera cita.

Nunca nadie le había dicho a Loveday que tenía los ojos bonitos. Saboreó ese cumplido durante todo el día e ignoró el comentario acerca del resto de su físico. Hacía tanto tiempo que nadie destacaba su aspecto que le resultó muy difícil pasar por alto las palabras del joven Charles.

Esa noche, antes de acostarse, se miró detenidamente en el espejo. Decirle que no quitaba el aliento había sido una manera amable de describir la vulgaridad de sus rasgos… Pese a todo hizo grandes esfuerzos por arreglarse a la mañana siguiente e hizo planes para comprarse un vestido el sábado.

Si había albergado esperanzas de volver a ver a Charles al día siguiente, se quedó desilusionada.

Pero eso no la desanimó y el sábado salió a buscar un vestido. Tenía que ser una tela que le hiciera un buen servicio. Encontró lo que buscaba después de buscar mucho. Era un vestido azul marino de crepé, con un corte muy elegante, que podía llevarse con una bufanda al cuello. Se lo probó más tarde en presencia de Sam.

Y el lunes por la mañana se lo puso para el trabajo.


El doctor Fforde, al saludarla, se fijó inmediatamente en el vestido. Era muy adecuado para el trabajo, pero apenas realzaba su figura. Su bonito pelo y esos ojos verdes tendrían que adornarse con verdes muy vivos y rojos en vez de enterrarse en la monotonía del azul oscuro. Pensó que seguramente no tenía muchos amigos y ninguno tan cercano para señalar ese punto. Era una lástima. Se sentó en su despacho y empezó a repasar el correo.


Fue Charles quien expresó en voz alta esa misma opinión cuando regresó a la consulta durante la semana. Apareció después del último paciente de la mañana y se detuvo junto a la mesa de Loveday.

—Un vestido nuevo —dijo mientras la miraba de arriba abajo sin malicia—. Una espléndida elección, pero ¿por qué esconder tus encantos detrás de un color tan propio de la mediana edad? Tendrías que vestir de rosa, de azul, de verde esmeralda y lucir todos los colores del arco iris.

–No, si aspira a seguir trabajando para mí –dijo el doctor desde su puerta.

La amplia sonrisa de Loveday, dirigida a Charles, se torció enseguida. Se reprimió un poco, demostró una falsa simpatía, pero sus ojos verdes escupían fuego. Sonó el teléfono y se volvió para contestar. Los dos hombres entraron juntos en la consulta.

Había estado encantada ante la nueva visita de Charles, y aunque había dicho que no le gustaba el vestido había insistido en que ocultaba sus encantos. Un piropo algo anticuado pero muy agradable. Y entonces el doctor Fforde había roto el hechizo. ¿Quién sabe lo que habría dicho Charles a continuación si hubieran estado a solas?

Loveday, una chica equilibrada, asumió que se estaba comportando de un modo muy distinto a su habitual moderación. Sabía que no era el camino adecuado. Sonó el teléfono otra vez. Y ninguna otra persona habría parecido más eficaz y anónima que ella cuando el doctor Fforde y Charles salieron de la consulta.

–Estaré en el hospital hasta las cinco. Puedes tomarte la tarde libre, pero no vuelvas más allá de las cuatro y media.

Así que Loveday disfrutó de un almuerzo tranquilo y decidió salir de compras otra vez. La verdad era que no necesitaba nada. Pero raras veces tenía la oportunidad de ir de tiendas en un día tan luminoso, a pesar del frío. Se puso la chaqueta azul marino, hecha para durar, y salió con la cesta de la compra bajo el brazo.

Apenas había recorrido unos pocos metros calle abajo cuando se encontró con Charles. Este la tomó del brazo.

–¿Qué te parece si damos un paseo por el parque y tomamos un té? Hace un día espléndido para hacer un poco de ejercicio.

–Suena muy bien –dijo sin esconder la alegría que sentía–, pero voy de compras.

–Puedes hacer la compra cualquier día de la semana –tenía su brazo enganchado con firmeza–. Un enérgico paseo de media hora, una taza de té y después, si tienes que hacer la compra…

–Tengo que estar de vuelta a las cuatro y media –dijo ella.

–Sí, sí. Faltan casi tres horas para eso.

Se estaba riendo de ella y, pese a sus buenos propósitos, ella sonrió a su vez.

–Un paseo sería muy agradable…

Loveday era una compañía muy agradable y, aburrido ante la perspectiva que se le presentaba, él había pensado que sería curioso atraer a esa joven tan formal que no tenía mucha idea de lo que podía hacer con su vida. Era un hombre con mucho encanto y tenía mucha facilidad de palabra, despreocupado ante el hecho que casi nunca hablara en serio. Todos los que le conocían se juntaban con él y seguían sus bromas, aunque nunca le hacían demasiado caso. Pero Loveday no sabía nada de eso…

Charles la llevó a un pequeño café junto al parque, le ofreció todo tipo de pasteles y la llamó «tesoro» todo el tiempo. Al despedirse en la puerta de la consulta le rogó que le permitiera volverla a ver.

–Solo estoy libre los sábados por la tarde y los domingos –explicó Loveday.

–El domingo entonces. Iremos al campo en mi coche, pasearemos por el bosque, charlaremos y comeremos en algún pub cercano –se volvió–. ¿A las diez?

No aguardó su respuesta. Eso molestó un poco a Loveday, pero enseguida lo apartó de la cabeza. Un día en el campo junto a él sería maravilloso.

El doctor Fforde apareció poco antes de las cinco y se preguntó qué habría sucedido para que ella tuviera ese brillo especial en la mirada. Ya no resultaba anodina y su rostro parecía iluminado por una genuina felicidad.

–¿Te has divertido esta tarde?

–Sí, gracias, doctor –replicó ella incluyéndolo en su

resplandeciente sonrisa. Y por algún motivo, eso hizo que se sintiera incómodo.

Durante el desayuno del domingo por la mañana, Loveday le explicó a Sam que se ausentaría todo el día.

—Bueno, la mayor parte de día. Eso espero —apuntó—. Pero no llegaré tarde. Sé un buen chico —añadió, y besó al buen animal en la cabeza.

Charles había hablado de un paseo por el campo y una comida en un pub de algún pueblo cercano. La chaqueta y una falda serían suficientes. Se pondría unos zapatos cómodos y un suéter azul celeste...

Estaba lista, aguardando en el silencio de la calle tranquila, cuando escuchó el persistente sonido de la bocina de un coche. Alcanzó el coche justo antes de que volviera a tocar el claxon.

—¡Calla, por favor! —dijo Loveday—. Es domingo por la mañana.

Parecía muy impaciente, pero enseguida sonrió.

—Así es, y tenemos todo el día por delante —se inclinó para abrir la puerta desde dentro—. ¡Vamos, sube!

El coche era un deportivo rojo muy llamativo. Suprimió el pensamiento de que el coche del doctor Fforde era más acorde con su estilo y se instaló junto a Charles.

—Hace una mañana preciosa —dijo.

—Maravillosa, tesoro, pero no hables hasta que hayamos salido de Londres.

Se sentó en silencio, feliz solo por el hecho de estar a su lado, mientras dejaban atrás las filas de casas.

Condujo hacia el sur, en dirección a Sevenoaks, y ella se preguntó adónde irían. Ya estaban muy alejados de Londres, pero él no había abierto la boca hasta ese instante.

—¿Tienes idea de hacia dónde nos dirigimos? —preguntó Charles.

—No, solo sé que vamos hacia el Sur, camino de la costa —respondió ella.

–Brighton, tesoro. Hay un montón de cosas que ver y hacer allí.

Ella había soñado con un día en el campo, él había mencionado un pub en un pueblecito. Seguramente Brighton no sería muy distinto de Londres. Pero ¿qué importaba adónde fueran? Estaba feliz junto a él y la hacía reír continuamente…

Aparcó frente al mar, tomaron café y después pasearon, primero junto a la orilla y después por la ciudad, deteniéndose en cada escaparate. Charles le prometió que en su próxima visita la llevaría al Pavillion. Comieron un pub de moda y después continuaron su paseo. No importaba mucho que no hubiera respondido exactamente a sus expectativas. Estaba disfrutando de un maravilloso día junto al mar en compañía de Charles, que no paraba de burlarse de ella, dejando de ver que le gustaba y diciéndole que nunca había conocido una chica como ella. Loveday, totalmente ajena al mundo moderno, creía a pies juntillas cada palabra.

Volvieron a Londres después de un espléndido té en uno de los hoteles del paseo marítimo.

–¿Vienes por aquí muy a menudo? –preguntó Loveday con interés.

–Nunca en tan buena compañía –replicó con su encantadora sonrisa, y debería haber añadido que solo porque era poco probable que se encontrara con algún conocido.

Se dijo que no hacía ningún mal. Loveday llevaba una vida muy aburrida. ¿Qué podía ser más amable que ofrecerle una aventura romántica? Y eso lo mantendría entretenido las próximas semanas…

Pensó que era una jovencita muy agradable, pero demasiado sosa y tranquila para él. Le resultaba muy divertido observar cómo florecía bajo sus atenciones.

–Tenemos que repetirlo –dijo Charles–. El próximo fin de semana estaré fuera, pero hay una buena película que deberíamos ir a ver una noche. El miércoles vendré a buscarte a las siete y media.

–Me encantará, gracias –dijo ella y añadió, pura inocencia–. ¿No necesitaré arreglarme? No tengo nada elegante que ponerme.

–No, no. Estás muy bien así.

Volvió la cabeza y le sonrió. La verdad era que llevaba algo muy poco favorecedor, pero el cine que tenía en
mente estaba alejado de sus circuitos habituales y no te-
mía encontrarse con algún conocido.

No se bajó del coche cuando llegaron. Se limitó a besarla en la mejilla, le aseguró que había disfrutado de un
día maravilloso y se alejó a toda prisa antes de que Loveday hubiera sacado la llave del bolso. Había resuelto
todo con mucha rapidez. Apenas tenía una hora para
cambiarse antes de la noche.

Loveday subió las escaleras hasta el apartamento y se
encontró a un impaciente Sam. Rellenó su plato de comida, preparó una tetera y se sentó, dispuesta a saborear
una taza mientras repasaba el día.

–Es muy agradable –dijo a Sam–. Me hace reír, me
hace sentir bonita y graciosa, aunque no sea verdad. Vamos a volver a salir el miércoles. Ojalá tuviera algo un
poco más vistoso que ponerme. Ha dicho que no tiene
importancia, pero me gustaría estar guapa para él. Se da
cuenta de lo que me pongo.

Lanzó un largo suspiro.

–El doctor Fforde ni siquiera me mira. No me ve
como a una mujer, no soy más que la recepcionista. Y no
sé por qué tengo que pensar en él.

Estaba equivocada, desde luego. El doctor Fforde, al
acudir a la consulta el lunes por la mañana, se fijó al primer vistazo en el brillo de sus ojos y la luz de su rostro.

# CAPÍTULO 3

EL DOCTOR le dio los buenos días y se tomó el tiempo suficiente para interesarse por su fin de semana.

—¿Tienes amigos en Londres? —preguntó.

—¿Yo? No. No tenía tiempo de hacer amigos cuando estaba a las órdenes de la señorita Cattell —replicó ella.

Entonces… ¿qué o quién había provocado esa repentina luz en su mirada que iluminaba su expresión, generalmente anodina? El doctor se encerró en la consulta sin dejar de darle vueltas. Se le hacía muy difícil interrogarla acerca del modo en que empleaba su tiempo libre, si bien sentía una enorme curiosidad. Además, no resultaría sencillo preguntárselo, puesto que su actitud hacia él era extremadamente reservada. Seguramente consideraba que era un hombre muy mayor para interesarse por su vida privada. Un hombre que ya rondaba los cuarenta tenía que parecer muy mayor a los ojos de una joven de poco más de veinte.

Se sentó para abrir el correo y la miró de soslayo cuando le llevó el café. Todavía tenía ese brillo de intensa felicidad en la mirada…

A los ojos de Loveday pasó una eternidad hasta que llegó el miércoles. La última paciente de la tarde fue una mujer anciana, muy nerviosa y decidida a salirse con la suya. Reclamó una atención permanente de la enfermera y, después, volvió a sentarse para enumerar los síntomas de su enfermedad ante el doctor Fforde, que escuchaba con infinita paciencia.

A las cinco de la tarde Loveday pudo por fin acompañarla hasta la salida. Todavía pasó una hora antes de que la enfermera y el doctor se marcharan.

Subió corriendo a su apartamento, dio de comer a Sam, se preparó un té y engulló un bocadillo que le había sobrado del almuerzo. Estaba hambrienta, pero era un precio muy pequeño a cambio de pasar la velada en compañía de Charles. Se duchó, se cambió para la ocasión eligiendo una blusa de seda clara, una falda y la chaqueta; se maquilló con más esmero de lo normal, se arregló el pelo lo mejor que pudo y decidió prescindir de su único sombrero. Al menos los zapatos y el bolso eran de buena calidad, aunque ya no eran nuevos.

Miró por la ventana. Llegaría en cualquier momento y ya el domingo había mostrado su impaciencia. Loveday abrazó al gato, cerró con llave y bajó corriendo a la calle. Salió justo en el momento en que Charles doblaba la esquina con su coche.

Abrió la puerta para ella sin salir del deportivo.

—Ya estás aquí, tesoro. Es muy considerado por tu parte. Odio que me hagan esperar.

Loveday ocupó el asiento libre a su lado y Charles se inclinó para besarla en la mejilla de un modo un tanto descuidado. Una chiquilla encantadora… Era una lástima que vistiera con un gusto tan anticuado.

La película era de estreno, y Loveday, que llevaba mucho tiempo sin ir al cine, disfrutó mucho. Al término de la proyección, mientras se dirigían hacia el coche, su corazón se llenó de alegría ante la propuesta de Charles.

—¿Te apetece tomar algo? Todavía es pronto.

Las once era bastante tarde para ella. Ahora que no tenía que soportar el horario al que la sometía la vida disipada de la señorita Cattell solía acostarse antes de esa hora. Pero se lo pensó dos veces y aceptó.

Y solo consiguió una nueva desilusión. Ella estaba hambrienta, pero Charles ya había cenado y su idea de tomar algo no iba más allá de un café, unos cacahuetes y

unos canapés de queso en un bar cercano. No era la clase
de bar que él frecuentaba y no demostró demasiado interés por quedarse. Loveday podía apreciar su ansiedad por
marcharse y declaró que debía regresar a su apartamento.

—Ha sido muy agradable —dijo ella—. Muchas gracias
por llevarme contigo.

—Tesoro, el placer ha sido mío —se paró junto a la entrada de la consulta, rodeó a Loveday con el brazo para
besarla y comprendió que empezaba a aburrirse de su
compañía—. Tenemos que repetirlo pronto.

Se alejó en su coche y dejó a Loveday en la acera.
Ella abrió la puerta y supuso que Charles tendría una
buena razón para marcharse con tanta urgencia. Alejó
esos pensamientos de su cabeza ante la promesa de una
nueva cita.

—Nunca he sido tan feliz —le dijo a Sam mientras ce-
naba unos huevos revueltos con una tostada de pan.

Y estaba segura de su felicidad. Una leve vacilación,
una sombra de duda en lo más profundo de su mente, se
desvaneció ante el recuerdo de su beso de despedida.

A la mañana siguiente cometió un error con las fichas
de los pacientes y olvidó dar un mensaje del hospital al
doctor Fforde. No se trataba de nada urgente, pero el olvido resultaba en todo caso inadmisible. Sencillamente,
había estado pensando en Charles.

El doctor aceptó sus disculpas con un gesto de la cabeza y no dijo nada, pero esa noche pensó largo rato en
lo que había sucedido.

Loveday extremó las precauciones los días siguientes
para no cometer el más mínimo error. Apartó de su cabeza las fantasías algo vagas de un futuro prometedor. Solo
importaba el presente. Seguridad laboral, un techo sobre
su cabeza y dinero en la cartera. Mostró un interés exce-
sivo por complacer a su jefe, y esto al principio divirtió
al doctor Fforde, pero le resultaba extraño. No quería fin-
gir que no estaba interesado en ella, pero no era un hombre engreído y dudaba mucho que una chica de su edad,

incluso tan sensata como Loveday, tuviera algún interés en ganarse la amistad de un hombre bastante mayor que ella. Tan solo podía desear que quienquiera que hubiese despertado ese brillo en su mirada la hiciera muy feliz.

Charles llamó una mañana a lo largo de la semana. Loveday tenía todo preparado para la jornada de trabajo, incluido el café del doctor.

—Tesoro —dijo Charles al otro lado del hilo—, he pensado que podríamos pasar juntos la noche del sábado. Ponte un vestido bonito. Iremos a cenar y después te llevaré a bailar.

Y colgó el auricular antes de que ella pudiera replicar.

Tuvo la impresión que el sábado no llegaba nunca. El día señalado se levantó temprano y bajó a la consulta. Puso todo en orden para tenerlo listo el lunes a primera hora, tomó el autobús y se dirigió a Oxford Street.

Había asaltado, con los ojos cerrados, sus pocos ahorros. Sabía que estaba poniendo en peligro su futuro, pero ningún hombre antes le había pedido salir para llevarla a cenar y a bailar. Y mucho menos un hombre como Charles, tan divertido y tan claramente atraído por ella, incluso quizás enamorado...

Tardó casi dos horas en dar con lo que estaba buscando. Un vestido tubo de una pieza, con un buen corte, si bien el material era barato. Pero el color estaba bien. Era de un bronce mate que avivaba el color de su cabello y realzaba el brillo de sus ojos. También le quedaba dinero para unos zapatos, que encontró después de una exhaustiva búsqueda en una tienda que estaba de liquidación. No eran de cuero, pero lo parecían y hacían juego con el vestido.

Regresó a casa a toda prisa con sus nuevas adquisiciones para preparar el té para ella y para Sam, además de unos huevos pasados por agua. Después empezó a arreglarse para la cita.

Estuvo lista demasiado pronto, así que se sentó en el alféizar de la ventana y vigiló la calle vacía. Quizás lo hubiera olvidado...

Eran casi las ocho de la tarde cuando el coche de Charles frenó frente a la casa y Loveday, fiel a sí misma, bajó corriendo a la puerta en vez de hacerse esperar.

Él estaba sentado en el coche, aguardando. Loveday estaba inmersa en una suerte de mundo de ensueño muy personal y no reparó en la actitud despreocupada de Charles. Entró en el coche y Charles la rodeó con el brazo y la besó en la mejilla.

–¿Te has puesto un vestido bonito? –preguntó interesado, mirando con escepticismo el abrigo.

–Sí –contestó ella–. Lo he comprado esta mañana.

Había planeado la velada muy cuidadosamente. Primero la cena en un coqueto restaurante de Chelsea, suficientemente elegante para impresionar a Loveday pero muy alejado del circuito de sus amistades, seguido de un baile en un club cercano. Un local al que nunca llevaría a sus conocidas, pero sospechaba que para ella sería la guinda perfecta de una noche romántica.

Su mesa estaba en una esquina del restaurante. Era un sitio en penumbra, rodeado de una docena de mesas, todas ocupadas. Charles pidió champán. Loveday se podría haber quedado allí toda la vida sentada frente a él, escuchando sus historias y sonriendo en respuesta a sus admirativas miradas, pero no se entretuvieron mucho después de la cena.

–Me muero de ganas por bailar contigo –le dijo.

El salón de baile estaba abarrotado y era muy ruidoso. Estaban arrinconados por las otras parejas y apenas podían moverse. Se sintió decepcionada, aunque no sorprendida, cuando Charles declaró con impaciencia que no tenía mucho sentido seguir allí.

–¡Una lástima! –dijo mientras salían del local–. No es justo tener que interrumpir así una velada tan deliciosa.

Loveday confió en que habría más oportunidades y esperó que él expresara en voz alta sus deseos, pero no lo hizo. De hecho, no mencionó la posibilidad de volver a verla mientras conducía de vuelta a su apartamento. Estaba extrañamente callado, y ella sospechó en un par de ocasiones que estaba a punto de decirle algo importante.

–¿Te preocupa algo? –preguntó Loveday.

–¿Si me preocupa? ¿Qué demonios te hace pensar en algo así? –replicó con mal humor, pero enseguida añadió–. Lo lamento, tesoro, no quería levantar la voz de ese modo. Quería que esta velada fuera algo especial.

Se paró frente a la puerta de la consulta y se volvió para mirarla a los ojos.

–¿No vas a pedirme que suba contigo?

–No.

Loveday sonrió, él se inclinó hacia delante, la besó y abrió la portezuela.

Ella salió del deportivo y se volvió hacia Charles.

–Ha sido una noche maravillosa, Charles. Muchas gracias –dijo, y esperó que él dijera algo mientras cerraba la puerta.

Pero él se limitó a agitar la mano a modo de despedida y se alejó. Ella se quedó un momento de pie en la acera, desilusionada, consciente de que no habían fijado la siguiente cita. Eso le generó una cierta inquietud, pero el recuerdo del beso disipó su intranquilidad. Abrió con la llave y subió a su apartamento.

El doctor Fforde estaba en la consulta. Había ido en busca de unas notas que necesitaba para preparar una conferencia. Ya había apagado la luz de su despacho y estaba a punto de salir cuando el sonido de un motor en la calle llamó su atención hacia la ventana. Se quedó allí, viendo cómo Loveday salía del deportivo y Charles se alejaba mientras ella permanecía muy rígida unos instantes antes de entrar en la casa. Caminó hasta la puerta abierta y encendió la luz del descansillo.

–Loveday –llamó en un tono sosegado–. He venido a buscar unos apuntes que me hacían falta. Estaba a punto de marcharme.

Bajó las escaleras, encendiendo todas las luces a su paso, y se encontró con ella en el vestíbulo de entrada.

—He salido —dijo, y añadió—. Con Charles.

—Sí, te he visto junto desde la ventana. ¿Lo has pasado bien?

Loveday sonrió al doctor. Le habría gustado hablarle acerca de ella y de Charles. Convino en que era la clase de persona a la que se le cuentan las cosas con agrado. Pero optó por otro camino.

—¡Oh, lo he pasado en grande! —y señaló después para que todo estuviera claro—. Charles y yo ya hemos salido varias veces y nos llevamos muy bien.

El doctor Fforde apoyó la mano sobre el quicio de la puerta y sonrió a su vez.

—¡Buenas noches! —dijo, y se marchó.

En el apartamento, ella relató su encuentro a Sam.

—No estoy segura de si al doctor Fforde le gusta que salga con Charles. Es demasiado amable para decírmelo…

Colgó el bonito vestido en una percha y se preguntó cuándo volvería a ponérselo. Confiaba en que fuera muy pronto.

Estaba acostumbrada a la soledad. Pasó un domingo agradable. Fue a la iglesia, dio un paseo y después regresó al apartamento con Sam, decidida a leer la prensa. El lunes tardaba mucho en llegar y estaba segura de que recibiría una llamada de Charles. Volvió a contar sus ahorros. ¿Quizá una falda larga y una camiseta sin mangas serían una buena inversión?, ¿algo que pudiera ponerse y que no llamara mucho la atención? Seguramente saldrían a bailar otra noche e irían a un club más tranquilo. Estaba segura de que el local al que habían acudido no era del agrado de Charles, pero que estaba bien situado con relación al restaurante.

A medida que pasaban los días fue perdiendo la esperanza. Realizó su trabajo con suma cautela, prevenida ante cualquier error, pasó parte del tiempo con la enfermera, contestó las preguntas del doctor cada vez que este se interesaba por ella en el tono habitual, pero al final de la semana la felicidad que él había observado en su mirada se había apagado.

El martes por la tarde, después de la última visita, llamó a Loveday a su despacho.

Estaba de pie junto a la ventana con la mirada fija en la calle. Habló por encima de su hombro.

—Loveday, hay algo que deberías saber...

¡La señorita Priss había anunciado su regreso! Ella tragó saliva y tomó la palabra, serena.

—¿Sí, doctor?

Se volvió para mirarla.

—Charles se va a casar dentro de dos semanas —dijo con voz áspera—. Su prometida estaba de viaje en Estados Unidos. No lo sabías, ¿verdad?

Ella confirmó ese punto con un gesto de la cabeza.

—Si no le importa, me gustaría subir a mi apartamento. Ordenaré todo esto más tarde —dijo con una voz impersonal, pero bastante firme.

De ninguna manera debía echarse a llorar o gritarle que no le creía. El doctor Fforde no era la clase de hombre que decía mentiras que... pudieran volver del revés todo su mundo de un solo plumazo.

El doctor no dijo nada, pero le abrió la puerta. Loveday levantó la vista, pálida por la conmoción, y susurró una palabra de agradecimiento. La sonrisa que recibió en respuesta irradiaba tanta ternura que se sintió superada.

Subió hasta su apartamento. No era demasiado consciente de sus acciones. Igual que una autómata, dio de comer a Sam, preparó un poco de té y se sentó a bebérselo a sorbos. Se dijo que estaba inmersa en una pesadilla de la que no tardaría en despertar. Seguía sentada en la silla, con el té frente a ella, Sam en su regazo bastante nervioso cuando se abrió la puerta y entró el doctor Fforde.

—Tengo una copia de la llave —explicó, y observó la tetera sobre la mesa—. Quizá te sientas mejor si hablas de ello. Podemos tomar el té y, mientras tanto, discutir este asunto juntos.

Puso a hervir el agua, buscó unas tazas limpias y colocó una bonita bandeja plateada entre los dos sobre la mesa. Loveday, que lo observaba muda, se sorprendió al comprobar la facilidad con que el doctor se manejaba en las tareas domésticas.

Sirvió el té y ofreció una taza a Loveday.

–Cuéntamelo. ¿Charles ha estado saliendo contigo? ¿Empezabas a creer que se estaba enamorando de ti? –y añadió–. Bébete el té.

Ella tomó un sorbo, obediente. No tenía ninguna obligación de contestar a sus preguntas, puesto que era un asunto privado que no le concernía, pero sus palabras desmintieron su voluntad.

–No ha sido mucho. Hemos ido una o dos veces al cine, pasamos un día en el campo y la noche del sábado pasado –señaló con una voz ahogada por las lágrimas–. ¿He sido una estúpida, verdad?

–No –contestó el doctor–. ¿Cómo podías saberlo si Charles no te lo decía? No creo que fuera su intención herirte. Se va a casar con una chica norteamericana de mucho carácter que se asegurará de que solo tenga ojos para ella. Supongo que estaba apurando su época de soltero. Se ha comportado con evidente egoísmo, ajeno a tus sentimientos, y seguramente ya te habrá olvidado. Sé que esto suena muy duro, pero lo más inteligente sería olvidarte de él. Créeme, podrás hacerlo. Incluso si ahora te resulta difícil creer en mis palabras.

Loveday se secó las lágrimas con las manos igual que un niño.

–¿Cómo he podido ser tan estúpida? –y se echó a llorar de nuevo–. Compré ese vestido para la noche del sábado porque me dijo que debía llevar algo bonito. ¿Podría dejarme a solas, por favor?

–No –replicó él–. Lávate la cara, péinate un poco y ponte un abrigo. Iremos a cenar juntos a mi casa.

Miró el reloj antes de continuar.

–La señora Duckett, mi ama de llaves, lo tendrá todo

listo dentro de media hora. Te comerás todo lo que te ponga en el plato y después te traeré de vuelta y te irás directa a la cama. Por la mañana sentirás un dolor profundo en tu corazón, un poco resquebrajado quizá, pero no estará roto.

Sus palabras eran tan amables que ella sintió ganas de volver a llorar.

–No tengo apetito…

Pero, pese a todo, fue a su habitación y se arregló lo mejor que pudo. Volvió al salón al poco rato. El doctor ya había retirado las tazas del té y esperaba sentado con Sam sobre sus rodillas.

La casa del doctor Fforde era mucho más grande que las colindantes, con ventanales a ambos lados de la puerta principal y pequeños laureles junto a la entrada. El doctor hizo pasar a Loveday a un pequeño vestíbulo y la señora Duckett salió a su encuentro.

–Esta es mi recepcionista, la señorita Loveday West –dijo el doctor–. Ha tenido una mala experiencia y estoy seguro de que una de sus espléndidas cenas logrará que se sienta mejor, señora Duckett. Loveday, esta es mi ama de llaves, la señora Duckett.

Loveday estrechó la mano de la mujer y esta le dedicó una mirada maternal. Adivinó que había estado llorando y tomó el abrigo que el doctor le había quitado a Loveday.

–Tendré la cena lista dentro de diez minutos –dijo con una sonrisa resplandeciente–. El tiempo justo para una copita de jerez.

El doctor abrió una puerta y animó a Loveday con un suave empujón. Un reconfortante fuego ardía en la elegante chimenea que quedaba justo en el centro de la habitación. Era una estancia muy acogedora con sofás a ambos lados de la chimenea, una mesa estilo Pembroke y varias estanterías atestadas de libros. Había un reloj de pared en una esquina y toda la habitación estaba iluminada con lámparas de mesa.

—Acércate a la chimenea –dijo el doctor–. ¿Te gustan los perros?

Ella asintió y entonces advirtió un par de ojos pequeños y brillantes bajo una mata de pelo que la miraban desde una cesta, situada junto a una mecedora al lado de la ventana.

—Está en su cesta porque está herido –la informó él, y se agachó para acariciar el pelo revuelto del animal–. Alguien lo atropelló en la calle y no tiene dueño.

—¿Se lo va a quedar?

—¿Por qué no? Es un gran compañero y dentro de un par de semanas se sentirá como en casa –ofreció a Loveday una copa de jerez–. Tiene dos piernas rotas y las lleva escayoladas.

—¿Puedo acariciarlo?

—Por supuesto. No creo que haya recibido muchas muestras de cariño a lo largo de su vida.

Loveday se arrodilló junto a la cesta y ofreció una mano. Después, lentamente, acarició el lomo del animal con delicadeza.

—Es muy bonito. ¿Cómo lo va a llamar?

—¿Se te ocurre algún nombre apropiado? Tan solo lleva conmigo un par de días.

Pensó en ello, consciente de que tras esa banal conversación acerca del perro latía una enorme tristeza que amenazaba con explotar en cualquier momento.

—Tiene que ser algo que suene amistoso. Ya sabe, que recuerde a una familia con muchos niños –hizo una pausa, pensando que aquello no tenía mucho sentido–. Quizás Bob, Bertie o Rob.

—Creo lo llamaremos Bob. Termínate el jerez y nos sentaremos a la mesa.

Ella dio las buenas noches a Bob, que sacó una lengua rosada y lamió el dorso de su mano un par de veces.

—¡Vaya! Espero que se recupere muy pronto –dijo Loveday.

Había supuesto que la cena consistiría en algo ligero,

pero se trataba de una cena en toda regla. Se instalaron en un pequeño comedor. La mesa estaba cubierta por un mantel de damasco y el servicio era de plata de ley y cristal. Había sopa, un pollo delicioso cocinado con vino, puré de patatas con coles de Bruselas y, para terminar, un bizcocho borracho.

El doctor sostuvo una conversación ligera, de modo que ella no pudiera pensar en otra cosa más allá de las contestaciones propias de su buena educación. Tomaron café antes de que el doctor la llevara de vuelta a la consulta. Subió con ella hasta el apartamento, encendió las luces, saludó a Sam y dio media vuelta después de desearle a Loveday las buenas noches. Ella intentó agradecerle su tiempo, pero él le quitó importancia.

—Te veré por la mañana, Loveday —dijo—. Acuéstate y procura dormir.

Y, por extraño que pudiera parecer, fue exactamente lo que hizo. Se despertó temprano y la tristeza, arrinconada la noche anterior, se apoderó de su ánimo. Pero a la luz del día, podía pensar con calma en todo lo ocurrido. Comprendió que se había comportado como una adolescente, la clase de chica que Charles había necesitado para divertirse un poco mientras su futura mujer estaba fuera del país.

Se dijo que había picado por culpa de su escasa experiencia con los hombres y eso había provocado que confundiera sus atenciones con sentimientos verdaderos. Era una conclusión muy sensata, si bien no impidió sus lágrimas, y pasó mucho tiempo frente al espejo hasta que pudo bajar a la consulta con un aspecto decente.

Decidió que tenía mejor cara mientras se miraba en el espejo que había entre la ventana y la sala de espera, pero fue una suerte que no pudiera leer la mente de su jefe cuando este llegó a la consulta.

El doctor observó los párpados hinchados, la nariz enrojecida y la sonrisa forzada. Era una de los rostros más modestos que había visto jamás. A excepción de aquellos gloriosos ojos, por supuesto. Entonces ¿qué era lo que despertaba en él tanto interés? Un interés que había experimentado desde su primer encuentro...

Entró en su despacho, aceptó el café que Loveday le ofreció y sopesó el asunto. Estaba enamorado de ella, no era una atracción pasajera. Durante años había considerado la posibilidad de casarse y se había enamorado en varias ocasiones, si bien siempre había sabido que la chica no era la apropiada, que tarde o temprano conocería a una con la cual querría casarse. Pero ahora no era el momento idóneo para confesarse ante Loveday. Necesitaba paciencia, algo que tenía a raudales.

Lo esperaba un día muy ajetreado. Pasaría la mayor parte del tiempo en el hospital, así que más allá de las instrucciones en relación a las citas, no tenía nada que decirle. Observó que ella parecía decidida a mantener ocultos sus sentimientos.

Por la tarde, camino de su casa, se detuvo frente a la mesa de Loveday, donde esta seguía ocupada.

—Bob ha pasado media hora en el jardín, esta mañana. Te sorprendería saber lo que es capaz de hacer con solo dos piernas útiles y un poco de ayuda –dijo.

—Es un perro encantador –replicó ella–. Creo que le será muy fiel. Le ha salvado la vida, después de todo.

—Creo que será una buena compañía en cuanto se restablezca –sonrió–. Buenas noches, Loveday.

Todo se quedó en calma después de su marcha. Ella pensó que sería absurdo decir que lo echaba de menos. Terminó la limpieza y subió al apartamento, donde la recibió el maullido familiar de Sam. Había superado el primer día. Y si podía soportar un día, podría hacer frente a tantos cuantos fueran necesarios para olvidar a Charles.

La siguiente semana resultó interminable. Escuchó con simpatía las confidencias de la enfermera acerca de su novio, recibió con buena cara a los pacientes del doctor y mantuvo largas conversaciones con Sam.

Planeó el fin de semana con él.

—Iré de compras el sábado por la tarde –dijo– y el domingo iré a la iglesia, después pasearé por Hyde Park y pasaremos juntos la tarde.

Y Sam, cada vez más fuerte, saltó sobre su regazo y se tumbó plácidamente. La vida para él, bajo cualquier prisma, era perfecta.

El último de los pacientes del viernes llegó bastante tarde. La enfermera estaba molesta porque eso supondría que no podría salir a su hora. Cinco minutos más tarde se marchó el doctor Fforde.

La enfermera salió poco después, mascullando porque tendría que darse mucha prisa, ir a casa y cambiarse antes de salir.

—Y quería ir a la peluquería –se quejó, antes de despedirse con un portazo.

Loveday se quedó sola. Bajaría por la mañana para asegurarse de que dejaba todo listo para el lunes. No se dio mucha prisa porque no tenía ningún motivo. Aunque tras una semana el dolor se había atenuado, las noches solitarias resultaban el momento más duro de la jornada.

La mañana siguiente pasó más tiempo del necesario en la consulta, enfrascada en temas prosaicos como la lista de la compra y los pacientes del lunes. El teléfono sonó varias veces. Siempre eran personas que pedían cita y, justo antes de que cerrase, llamó la señora Seward.

—Ya sé que Fforde no está –le dijo a Loveday–, pero ¿podrías dejarle un mensaje? Pregúntale si podría venir a verme el lunes, ¿quieres? Si lo sabe antes de que lleguen los pacientes de la mañana, quizá pueda buscar un hueco. Gracias. ¿Eres la chica de los ojos verdes?

—Sí.

—¿La señorita Priss todavía no ha vuelto? Estoy segura de que nadie la echa de menos desde que has llegado. No olvidarás el mensaje, ¿verdad?

Colgó el teléfono. Loveday pensó que tenía una voz muy agradable, dulce. Quizá el doctor fuera a casarse con ella…

Subía las escaleras hacia el apartamento cuando escuchó la puerta de entrada. No podía tratarse de Todd, puesto que utilizaba la entrada trasera, y los otros tres médicos que pasaban consulta en el edificio estaban fuera de la ciudad ese fin de semana, tal y como le había dicho el portero.

Precavida, aunque no asustada, Loveday empezó a bajar las escaleras.

El doctor Fforde subía los escalones de dos en dos. Se quedó en el descansillo y miró a Loveday a los ojos.

—Me alegra encontrarte aquí —dijo—. ¿Podrías disponer de una hora esta tarde? Te llamaré a eso de las cuatro. Bob se está recuperando muy bien, pero creo que necesita un poco de distracción, una cara nueva. ¿Vendrás?

—Bueno, si cree que puedo ayudar a que se recupere… ¿No puede salir?

—Solo al jardín. Si estamos dos personas con él, quizás se atreva a cojear con las escayolas.

—¡Pobre perro! Por supuesto que iré.

—¡Bien! —ya estaba casi al final de la escalera—. Te veré esta tarde.

—¡Espere un momento! —dijo Loveday de pronto—. Casi se me olvida. Ha llamado la señora Seward. Ha preguntado si podría ir a verla el lunes. Quería que lo supiera lo antes posible.

—Gracias —asintió el doctor, y se marchó a casa.

No tendría tiempo de sentarse y rumiar sus penas, pensó Loveday. Dio de comer al gato, tomó algo rápido y salió corriendo a la compra.

Volvió a tiempo para arreglarse y se situó junto a la ventana mientras aguardaba la llegada del coche del doctor. Llegó y, en vez de esperar a que ella bajara, salió del coche y subió hasta su apartamento.

Loveday no pudo evitar comparar su actitud con el comportamiento despreocupado de Charles. Sintió un indisimulado placer mientras la acompañaba hasta el coche y le abría la puerta.

Bob parecía contento de volverla a ver y, en vez de permanecer inmóvil en la cesta, se esforzó para sentarse.

–¡Eres un chico listo! –dijo Loveday–. ¿Está mejor?

–Sí. El veterinario parece satisfecho. No estaba en muy buena forma, pero esta recobrando las fuerzas. Salgamos al jardín y así podrás ver los progresos de estos últimos días.

El doctor llevó al animal en brazos y lo dejó en el suelo con mucho cuidado. Instantes después el perro se apoyó en las dos patas delanteras; no sabía qué hacer con las otras dos patas escayoladas. Al poco tiempo se puso en pie, algo inestable, pero satisfecho consigo mismo.

–Ahora que sabe que puede utilizar las patas sin dolor, aunque se mueva con torpeza, ya no se arrastrará –dijo el doctor, que lo tomó en brazos y lo devolvió a su cesta, junto al fuego, donde ofreció asiento a Loveday–. ¿Te apetece tomar el té? A Bob le encanta la compañía.

El doctor Fforde, que era experto a la hora de sacar información de pacientes reacios, se interesó por el pasado de Loveday.

–¿No tienes familia? –preguntó–. Seguro que hay alguien, una tía o un primo, aunque apenas tengáis relación.

–Me crió una tía –dijo ella, consciente de que resultaba muy fácil hablar con él–. Murió hace algunos años. Tengo otra tía, la hermana mayor de mi padre. Vive en un pueblo cerca de Dartmoor. Nos enviamos felicitaciones en Navidad, pero nunca nos hemos visto. Nunca he querido preguntarle si le gustaría que fuera a visitarla. Confío en que crea que llevo una vida satisfactoria aquí y, además, está muy lejos. En todo caso, a la señorita Cattell no le gustaba que me tomara vacaciones. Odiaba estar en esa casa, pero era un trabajo. Y no tengo ninguna experiencia, ¿sabe?

–No cabe la menor duda de que no tendrás dificultades en encontrar otro trabajo –señaló sin comprometerse–. Siempre faltan buenas recepcionistas. Pero ¿te gustaría visitar alguna vez a tu tía?

–Sí. Bueno, después de todo es mi familia, pero supongo que es feliz viviendo en Devon y no creo que le gustara que se alterase su cómoda existencia, incluso si se tratase de una visita breve –y añadió–. Aquí soy muy feliz.

El doctor la miraba con tanta intensidad que ella se apresuró a cambiar de tema.

–Esta casa es muy acogedora. Seguro que le gusta volver a casa cada tarde.

–Sí, desde luego. Pero también me gusta mucho el campo. Nunca he estado en Dartmoor. Seguro que es diferente…

La naturalidad de su comentario animó a Loveday.

–Seguro que sí. Mi tía vive en un pueblo, cerca de Ashburton. Buckland-in-the-Moor. Suena muy romántico, pero seguro que es muy solitario. Y está muy lejos.

El doctor, que ya había obtenido toda información que deseaba, empezó a charlar acerca de Bob y su futuro.

Loveday echó un vistazo al reloj de pared.

–¡Dios mío, son casi las seis! Si no le importa, me gustaría volver al apartamento. Ha sido maravilloso, pero tengo cosas que hacer.

Pero no era cierto. Todavía pasó una hora mientras ella hacía todo lo posible por olvidar el chirrido de las ruedas del deportivo sobre el asfalto cuando frenaba bajo su ventana…

El doctor no puso ningún reparo. Ella se despidió de Bob, dio las gracias al doctor por el té y volvió al coche.

Frente a la puerta de las consultas tomó la palabra.

–No tiene por qué bajar…

Pero el doctor la acompañó hasta el apartamento, abrió la puerta, encendió las luces, saludó a Sam y le agradeció su encantadora compañía.

–Bob se ha sentido encantado con tu visita –aseguró.

Al igual que él, pero eso no pensaba confesarlo.

EL LUNES por la mañana advirtió en su agenda que el doctor se había tomado el miércoles libre. No tardó en adivinar el motivo. Sería el día de la boda de Charles, una presunción que confirmó al punto la enfermera. Apareció con una revista de moda bajo el brazo.

—Fíjate en esto —encontró la página y le tendió la revista a Loveday—. ¿Recuerdas al primo del doctor Fforde, que vino por aquí hace algunas semanas? Se va a casar. Aquí viene su foto y la de su prometida. Es muy guapa, ¿no te parece? Van a vivir en Estados Unidos. ¡Menuda suerte! La boda se celebrará el miércoles por todo lo alto, con damas de honor, pamelas y vestidos de satén. La verdad es que hacen muy buena pareja.

Recuperó la revista de las manos de Loveday.

—El doctor Fforde acudirá a la ceremonia, por supuesto. Al fin y al cabo son primos.

—Es muy atractiva —asintió Loveday.

Pero deseó que sonara el teléfono para librarse de la tortura de tener que estar allí con la enfermera comentando la inminente boda de Charles. Y el teléfono sonó, así que la enfermera regresó a la consulta. Puesto que aguardaba un día bastante cargado de trabajo, supuso que no tendrían demasiado tiempo para más chismorreos. Loveday suspiró aliviada y se volvió con su mejor sonrisa para recibir al primer paciente del día.

Pero, pese al trabajo, era difícil dejar de pensar en Charles. Ahora sabía que su flirteo no había sido más que un entretenimiento pasajero. Y si ella no hubiera sido tan ingenua en los asuntos del corazón, no le habría concedido tanta misma importancia a un mero ejercicio de seducción. Pero eso no la ayudaba a olvidar…

El doctor pasó el martes todo el día en el hospital y regresó a las cinco de la tarde para pasar consulta a dos pacientes. Había sido un día tranquilo, si bien Loveday había estado bastante ocupada atendiendo el teléfono. Él pasaría fuera todo el día siguiente, pero puesto que no le había comentado nada suponía que ella trabajaría en su horario normal, atendiendo las llamadas y recibiendo los mensajes.

Ningún paciente se alargó demasiado. Apenas eran las seis cuando acompañó al último hasta la puerta y empezó a limpiar.

Antes de irse, el doctor le había comentado que había dejado encendido el contestador automático.

—Cualquier caso urgente pasará directamente al doctor Gregg —le dijo— y solo tienes que estar aquí entre diez y doce del mediodía. Después, por la tarde, de cinco a seis. El jueves vendré a la hora acostumbrada.

De pronto exhibió su espléndida sonrisa.

—¿Me harías un favor? ¿Podrías pasarte por mi casa a primera hora de la tarde y dedicarle media hora a Bob en el jardín? La señora Duckett tiene miedo de hacerle daño. Ya se maneja muy bien, pero necesita alguien que lo vigile —y añadió—. Siempre que no tengas otros planes, desde luego.

—No, no tenía previsto nada. Claro que iré y haré compañía a Bob. ¿A la señora Duckett no le importará?

—Estará encantada. Buenas noches, Loveday.

Haría la compra semanal por la mañana. Y acudiría a casa del doctor a eso de las dos de la tarde. Se sentó para elaborar la lista de los artículos más necesarios.

—Y una lata de sardinas para ti —prometió a Sam.


La casa del doctor estaba a poco más de diez minutos a pie. Loveday llamó a puerta a las dos en punto y fue recibida por una sonriente señora Duckett.

–Bob la está esperando. Le he dicho que no tardaría en llegar. Echa de menos al doctor cuando no está en casa. Adoro a ese perro, pero me asusta el estado de sus patas. Déjese el abrigo puesto, señorita. Hará frío en el jardín. El doctor ha especificado que solo deben estar media hora, y después le serviré un té.

Acompañó a Loveday hasta la sala de estar.

–Fíjese en eso. Intenta ponerse en pie nada más verla, y es de pura felicidad.

Abrió las puertas del jardín y se marchó, recordando antes que el té estaría listo a las tres en punto.

Loveday se arrodilló y pasó un brazo sobre el cuello de Bob. Ahora que estaba descansado, bien alimentado y que sabía que pertenecía a alguien estaba mucho más bonito, si bien sus rasgos provenían de infinidad de razas. Algo que, en realidad, no tenía la menor importancia.

Lo levantó en brazos y lo llevó hasta el jardín. Una vez allí el animal se debatió con fuerza para arrastrar las patas escayoladas, visiblemente alegre por la compañía. Después de un rato volvieron a la casa y se sentaron cómodamente uno al lado del otro, Bob en su cesta y Loveday en el suelo. Era un gran consuelo, y escuchaba con sumo interés mientras ella le hablaba de la boda de Charles y de lo afortunado que había sido al encontrar un amo tan comprensivo y cariñoso. Poco después apareció la señora Duckett con la bandeja del té. Había porcelana muy delicada y una tetera de plata, bollos tostados en un plato cubierto, pequeños pasteles y una tostada de pan con mantequilla muy delgada. Además había una galleta para Bob.

Loveday disfrutó cada bocado y se olvidó por completo de la boda. Claro que el té habría resultado todavía más agradable si hubiera contado con la compañía del doctor.

Se marchó poco después y volvió a toda prisa a la consulta. Se sentó en su mesa desde las cinco hasta que el reloj dio las seis, contestó algunas llamadas y se aseguró de que todo estaba en orden para el día siguiente.

A la mañana siguiente el doctor llegó puntual y se

paró un momento en su mesa para agradecerle la visita a Bob. Pero si ella había confiado en que hiciera mención de la boda, se llevó una desilusión. Hizo notar que los aguardaba una mañana cargada de trabajo, entró en su despacho y cerró la puerta.

Mientras contemplaba cómo Sam engullía la cena, se preguntó en voz alta si le pediría el viernes por la mañana que visitara a Bob durante el fin de semana, pero también en ese caso se llevó un chasco. Tan solo le recordó que pasaría la mañana del lunes en el hospital y se limitó a desearle un feliz fin de semana.

—No sé qué me ha llevado a pensar que las cosas podían ser de otra manera —expresó Loveday en voz alta ante su interlocutor de cada noche.

El tiempo había cambiado. El ambiente estaba desapacible, húmedo y ventoso. Pese a todo se abrigó bien y salió a dar un paseo. Pero no fue de tiendas. Gastaría mucho dinero si lo hacía, y su cuenta de ahorro estaba creciendo de un modo constante. Y habría sido mayor la cantidad si no se hubiera comprado ese vestido…

Empezaba a sentir cierta seguridad. No habían recibido noticias de la señorita Priss y las semanas se sucedían. Su vuelta había pasado a ser una vaga preocupación que perdía consistencia con el paso de los días.

El lunes bajó a la consulta temprano. Revisó el correo y lo dejó sobre su mesa, aliviada al comprobar que ningún sobre llevaba la letra picuda de la señorita Priss.

Esa carta descansaba en el bolsillo del doctor, puesto que la habían enviado directamente a su casa. La había leído una y otra vez. La madre de la señorita Priss había fallecido y esta estaría encantada de regresar a su puesto tan pronto como hubiera arreglado todos los papeles.

*Tendré que desprenderme de la casa. Es alquilada y no deseo permanecer aquí. ¿Me permitiría alojarme en*

*el apartamento que hay encima de la consulta? Estaría*
*conforme en que me redujera la paga, en ese caso. No*
*tengo familia, apenas unos pocos amigos, y debo buscar*
*un sitio para vivir. Nunca habría sugerido algo así, pero*
*hace tantos años que trabajo para usted que he sentido*
*que podía expresarle en voz alta este posible acuerdo.*

Claro que aceptaría el acuerdo. La señorita Priss era su mano derecha, lo había sido durante años, y ese acuerdo le proporcionaría seguridad y un hogar. Debía rondar los cincuenta años, una edad en la que el futuro debe encararse con cierta solvencia. Tendría que mandarle una nota para tranquilizarla a ese respecto y tendría que contárselo a Loveday.

La solución para Loveday, desde su punto de vista, consistía en casarse con ella. Pero primero tenía que darle un poco de tiempo para que olvidara a Charles y después aguardar a que cicatrizaran las heridas de su corazón. Pero mientras tanto necesitaría un techo...

Escribió a la señorita Priss para tranquilizarla. Podría ocupar el apartamento y tendría su trabajo tan pronto como se sintiera con fuerzas para retornar. Sugirió que podría reincorporarse dos semanas más tarde. Estaría encantado de tenerla de vuelta y podía considerar el apartamento como su casa hasta que encontrara algo mejor.

Una vez escrita la carta sus pensamientos volvieron a Loveday. Antes de contárselo se acercaría hasta ese remoto pueblo en el que vivía su tía.

Los días se sucedían sin sobresaltos y tuvo la impresión que Loveday empezaba a olvidar a Charles. Estaba muy callada, pero siempre lo había sido. Y su expresión ya no reflejaba pena ni tristeza.

El sábado por la mañana, muy temprano, emprendió viaje hacia la localidad de Dartmoor en compañía de Bob. Fue un viaje de más de trescientos kilómetros, pero después de abandonar las afueras de Londres encontró la carretera vacía. Y cada vez estaba más solitaria a medida que se dirigía hacia el oeste. Paró en un sitio tranquilo para tomar café y que Bob cubriera sus necesidades. Después continuó su viaje hasta el cruce de Exeter y tomó el desvío hacia el páramo. Poco después giró y atravesó Ashburton para adentrarse en el campo desierto. Era un día claro del otoño tardío y la espléndida extensión de las colinas del páramo se perdía ante sus ojos. La carretera era estrecha y las ovejas erraban libres entre las rocas. Bob, que nunca antes había visto una oveja, parecía embelesado.

El pueblo, al que finalmente accedió, era encantador. Estaba levantado en las orillas del río Dart y rodeado de árboles. Constaba de un grupo de casas construidas en piedra y una vieja iglesia, un pub de aspecto alegre y un par de casas un poco más grandes junto a la iglesia. El doctor se detuvo junto al pub y entró.

Era un local pequeño, acogedor. Había un chimenea encendida y varias mesas, con sus respectivas sillas, situadas alrededor del fuego. Supuso que era punto de reunión para los lugareños y el refugio ideal en una fría tarde invernal.

El anciano que atendía la barra aseguró que podía tomar su almuerzo allí. Tenían empanadas de carne y la mejor cerveza de la región. Además el perro sería bienvenido en el pub.

Bob hizo acto de presencia en brazos del doctor y, una vez en el suelo, causó una fuerte impresión. Los dos jóvenes que jugaban a los dardos dejaron la partida y se volvieron para mirar las patas escayoladas y un viejo sentado junto al fuego declaró que nunca había visto nada igual. El interés que despertó su presencia propició un ambiente distendido, y resultó todavía más amistoso cuando dijo que había conducido todo el día desde Londres.

—Se ha perdido, ¿verdad? —supuso uno de los jóvenes.

—No, no. He venido a visitar a una persona que vive aquí. ¿Conocen a una tal señorita West? —preguntó.

–¿En la finca Bates? –inquirió el patrón mientras le servía la empanada y ofrecía un plato hondo con agua a Bob–. ¿Usted la conoce, señor? Es una mujer mayor que no recibe muchas visitas.

–Nunca he tenido el placer. He venido a hablar con ella. Es sobre su sobrina.

–¡Ah, sí! Tiene una sobrina –intervino el joven–. Siempre le envía una felicitación en Navidad. Mi madre la ayuda con la limpieza de la casa, recoge el correo para ella y le hace la compra. Le dijo a la señorita West que debería llamar a su sobrina, pero es una mujer independiente y no quiere ser una carga.

–Me gustaría ir a verla esta tarde…

–Es la última casa al final del camino, pasada la iglesia. Demasiado grande para ella, pero no se moverá de ahí. Está rodeada de gatos, perros y pájaros.

–¿Podría quedarme esta noche en una habitación? –preguntó el doctor.

–Por supuesto –dijo el propietario–. Y seguro que también le gustaría una buena cena, ¿no es cierto?

Pagó la cuenta, invitó a una ronda de pintas, tomó en brazos a Bob y volvió al coche. Había muy poca distancia hasta la casa, pero si no dejaba entrar al perro tendría que dejarlo en el coche.

Era una casa construida en piedra con techo de paja, bastante más grande que el resto de las casas del pueblo. Las cortinas estaban descorridas y a la luz del atardecer la lámpara que brillaba en una de las habitaciones infundía un ambiente alegre.

Recorrió el sendero de entrada y tiró de la campana del llamador.

La anciana que acudió a abrir la puerta era pequeña y resuelta.

–Soy la señorita West. ¿Me está buscando? ¿Por qué? No lo conozco.

El doctor comprendió que necesitaría mucha mano izquierda.

–Le pido disculpas por presentarme de este modo, pero antes que nada debo preguntarle si es usted la tía de Loveday West.

–Sí, soy yo –dijo, mirándolo fijamente–. Adelante. ¿Qué es eso que hay en su coche?

–Mi perro.

–Tráigalo con usted.

–Tiene dos patas escayoladas y está inválido –explicó el doctor.

–Más razón para meterlo en la casa –replicó la anciana.

Una vez que tuvo al perro, siguió a la mujer hasta la sala de estar. Era una estancia bien iluminada, cómoda y alimentada por un buen fuego.

–Mientras me cuenta qué lo ha traído hasta aquí podemos tomar el té –dijo la anciana–. Siéntese junto al fuego. Puede dejar al perro en la alfombra, junto a usted.

–Se llama Bob –señaló el doctor.

Ahora que había luz podía observar con claridad a la mujer. Andaría cerca de los setenta años. Y lo que le faltaba de estatura lo compensaba con una fuerte personalidad. Una mujer a la que sin duda había que tener en cuenta pese a su rostro anodino, los ojos negros y el pelo gris oscuro, recogido en un moño detrás de la cabeza.

Se sentó con la cabeza de Bob a sus pies. Se preguntaba si no habría cometido un error. Lo sabría tan pronto como le hablara de Loveday.

Se levantó y sostuvo la bandeja del té cuando la anciana entró en la habitación. Dejó la bandeja en una mesa y esperó a que ella hubiera tomado asiento antes de recuperar su sitio. La buena educación era algo tan natural en él como el hecho de respirar. A la señorita West le gustaron sus formas.

–¿Permite que me presente? –sugirió mientras aceptaba el té–. Andrew Fforde, soy médico. Tengo una consulta en Londres y trabajo en un hospital.

La señorita West, muy erguida en su silla, asintió.

–Dele una galleta a Bob. ¿Le gustan los gatos?

—Mi ama de llaves tiene un gato. Se llevan bastante bien.

—Entonces sea tan amable de abrir la puerta de la cocina para que mis gatos y Tim puedan entrar aquí.

Hizo lo que ella le pidió y tres gatos entraron en el salón. Eran unos animales bastante mayores, así que ignoraron la presencia de Bob y se acomodaron en fila frente a la chimenea. Detrás de ellos apareció un perro de pelo gris y aspecto bonachón que husmeó a Bob y se sentó a los pies del doctor.

—No veo a Loveday desde que era una niña —dijo mientras le ofrecía un trozo de bizcocho—. Me escribió cuando su otra tía falleció. Me dejó claro que vivía con comodidad y nunca me ha pedido ayuda, de ningún tipo. Solemos intercambiar felicitaciones en Navidad. Siempre he pensado en ella como una de esas jóvenes con carrera que desea vivir su vida sin la carga de una familia.

Sorbió un poco de su té. El doctor no respondió y ella insistió de nuevo.

—¿Qué lo ha traído hasta aquí?

Dejó la taza en el suelo y se lo contó. Relató los hechos con objetividad, sin adornos ni opiniones propias.

—Me parecía que debía usted saberlo…

—¿Es bonita?

—No, pero posee una belleza que nada tiene que ver con el aspecto externo. Tiene unos preciosos ojos verdes y un pelo bonito. Es bajita y tiene una voz muy agradable.

—¿Gorda? ¿Delgada?

—Delgada y bien proporcionada.

—¿Está enamorado de ella?

—Sí. Y espero casarme con ella, pero antes tiene que recuperarse de su relación con Charles —apuntó el doctor.

—¿Qué edad tiene usted? —preguntó mientras acariciaba un gato que se había subido a su regazo.

—Treinta y ocho. Loveday tiene veinticuatro.

—Usted me gusta, Doctor Fforde. No me gusta mucha gente y aunque acabo de conocerlo, usted me gusta. Haga lo que considere mejor para Loveday y tráigala aquí conmigo hasta que esté preparada para casarse con usted.

—Eso será ella quien lo decida –dijo con calma–. Pero si decide seguir su propio camino, me aseguraré de que disfrute de un buen trabajo y un futuro.

—¿La quiere hasta ese punto? –preguntó la señorita West.

—Sí –sonrió el doctor–. Gracias por recibirme y darme su apoyo. ¿Podré informarla si nuestros planes salen adelante? Dependen de Loveday.

—Si Loveday decide venir y quedarse conmigo, será bienvenida. Buena suerte, doctor Fforde –añadió la anciana.

—Gracias.

Él sabía que la necesitaría. No tenía derecho a interferir en su vida y seguramente esa sería la respuesta de Loveday…

El pub estaba lleno. Todo lo mundo lo miró fijamente, pero afortunadamente eran miradas amistosas de franca curiosidad.

Mientras le servía una pinta de cerveza, el patrón se interesó por sus pesquisas.

—Es una buena mujer. Ha vivido aquí toda su vida. No le gusta viajar. Hay pastel de carne y coles de Bruselas para la cena, señor. ¿Le parece buena hora las siete?

El doctor durmió profundamente. Había hecho lo que se había propuesto y estaba satisfecho.

Salió del pueblo después de un buen desayuno y se tomó su tiempo en el viaje de regreso a Londres. Tenía mucho en lo que pensar y no quería que lo molestaran. Paró para beber un café y sacar a Bob, pero puesto que la carretera estaba prácticamente desierta ya no paró hasta su casa.

La señora Duckett solía pasar las tardes del domingo con su hermana y la casa estaba muy silenciosa. Pero había un poco de sopa caliente en el horno y un plato con carne mechada y ensalada en la mesa de la cocina. Había una nota de la señora Duckett en la que decía que le prepararía la cena a su regreso.

Dio de comer a Bob y fue a su despacho, dispuesto a trabajar un poco. Siempre tenía un montón de papeleo pendiente, incluso con la secretaria que acudía dos veces en semana siempre tenía la mesa repleta de papeles. No levantó la vista de los informes hasta que un delicioso aroma le obligó a arrugar la nariz. La señora Duckett había vuelto y él estaba hambriento.

Loveday se acostó temprano, ajena a los futuros acontecimientos que iban a trastornar su pacífica existencia.

Al día siguiente, después de atender la consulta, el doctor tenía que acudir al hospital y permanecería allí casi todo el día, pero todavía disponía de media hora antes de marcharse. Salió a la sala de espera y encontró a Loveday archivando algunas fichas y anotando en su agenda los deberes del día siguiente.

Ella levantó la vista al verlo entrar.

–Voy a pasar a máquina estas dos cartas y las dejaré sobre su mesa –dijo–. Si hay alguna emergencia, ¿puedo telefonearlo al hospital?

–Tengo ocupada toda la mañana, ¿verdad? Intenta que cuadren las citas de todos los pacientes. Si hay algo realmente urgente, envíamelos al hospital. Estaré hasta las seis de la tarde.

Se inclinó sobre la mesa y la miró a los ojos.

–He recibido una carta de la señorita Priss. Su madre ha muerto y me pide volver a su antiguo puesto en un plazo de diez días. También me ha pedido si puede quedarse a vivir en el apartamento. No tiene familia y la casa de su madre era alquilada.

–Siento mucho lo ocurrido –dijo Loveday, muy pálida–. ¿Cuándo quiere que me vaya?

–¿Dentro de una semana? Eso me dará tiempo a mover algunos hilos y encontrarte un trabajo similar. Conozco un buen número de colegas y no será difícil.

–Es muy amable por su parte –se apresuró a decir–, pero seguro que encontraré algo…

–¿Me vas a permitir que te ayude? –dijo con gravedad–. No voy a dejar que te quedes en la calle. Viniste aquí para cubrir una emergencia porque yo te lo pedí. Al menos me dejarás que pague mi deuda contigo.

–¿Una semana no es muy poco tiempo para encontrarme otro trabajo? Además, está ocupado todo el día y…

Era justo la oportunidad que buscaba el doctor.

–Quizás me lleve un poco más de tiempo. Me dijiste que tenías una tía en Devon. ¿Te alojarás en su casa mientras encuentro algo para ti?

–Pero ni siquiera la conozco. No la veo desde que era una niña y puede que no quiera que me quede con ella. Además, está muy lejos…

–El sábado, después de recibir la carta de la señorita Priss, fui a ver a tu tía –dijo con calma–. Ya ves, Loveday, tenía que pensar en algo rápido. Es una mujer mayor y me gustó mucho. Está deseando que vayas a verla y te quedes allí.

–¿Fue a visitar a mi tía? ¿Perdió todo el fin de semana…?

–Como he dicho, me gusta pagar mis deudas, Loveday –señaló el doctor.

Se incorporó de nuevo y caminó hasta la puerta.

–¿Pensarás en lo que te he dicho y me darás una respuesta por la mañana? Es una solución muy sensata, ¿no crees?

Sonrió y se fue. Deseaba quedarse y reconfortar a Loveday, asegurarle que no tenía nada de qué preocuparse, que él cuidaría de ella y la amaría. Aun así había expuesto sus ideas en un tono de voz que no desvelaba sus verdaderos sentimientos. La tentación de engatusarla para que aceptara su oferta era grande, pero se resistió. Quería que ella también lo amase, pero por su propia voluntad.

Loveday se quedó sentada, muy quieta. Era como si alguien la hubiera golpeado en la cabeza y le hubiera arrebatado la capacidad de razonar. Había logrado contestar al doctor con sensatez, en su mismo tono, pero ya no tenía que hacerlo. Pensó que tan solo disponía de una semana para buscar otro empleo. Tendría que darse prisa, ya que no aceptaría bajo ninguna circunstancia su oferta.

Empezó a llorar quedamente. No se trataba tanto de que se presentara ante ella un futuro incierto, sino de que él no formaría parte de ese futuro. Aquel hombre sosegado, amable, que había acudido a su rescate y que, una vez que le hubiera conseguido otro empleo, se olvidaría por completo de ella. Sorbió la nariz con fuerza y se secó las lágrimas con el dorso de la mano. Después de todo, tenía a la señora Seward, ¿no?

Loveday, que nunca antes había sentido celos, notó como ese sentimiento emergía en ella como un torrente.

Poco después dejó de llorar. Era una pérdida de tiempo y no tenía sentido. Guardó el resto de las fichas médicas, buscó los periódicos y las revistas que incluían ofertas de empleo y subió al apartamento.

Explicó lo sucedido a Sam, que bostezó y volvió a dormirse, así que se preparó una tetera, un canapé y se instaló cómodamente para revisar los anuncios de empleo. Había un montón de ofertas, pero casi todas requerían conocimientos de informática. O bien se pedía que se asumieran las labores de la cocina o trabajos en lavanderías. Puesto que no sabía nada de ordenadores, tendría que buscar una tarea doméstica. ¿Y por qué habría de quedarse en Londres? Dado que no volvería a ver al doctor, mejor cuanto más alejada de él.

—Si no lo veo, será más fácil olvidarlo —se dijo, pero

enseguida se echó a llorar otra vez, triste y asustada ante el futuro.

Pero no duró mucho. Enseguida recompuso el gesto y bajó a la consulta. Limpió la sala de espera, preparó todo para el día siguiente, concertó algunas citas y puso al día la agenda. Esa tarde, cuando llamó la señora Seward, contestó con buen ánimo.

Era difícil no sentir aprecio por la señora Seward. Era amable y tenía una voz preciosa. Suspiró al saber por Loveday que el doctor estaba en el hospital.

–Llamaré allí –señaló–, pero déjale una nota en su despacho, ¿quieres? No es urgente, pero me gustaría hablar con él.

Loveday se acostó pronto, puesto que sentarse sola en el apartamento mientras le daba vueltas a la cabeza no servía de nada, pero su último pensamiento fue que no aceptaría la sugerencia del doctor.

A la mañana siguiente, mientras examinaba el correo, encontró una carta para ella. Era de su tía.

Era una carta bastante larga, escrita con letra de patas de araña, y la señorita West no se andaba con rodeos. El doctor Fforde había ido a verla y habían acordado que lo mejor era que Loveday pasara unos días con ella mientras encontraban un nuevo trabajo.

*Resulta obvio que es un hombre con influencia y siente que está en deuda contigo, lo cual es cierto. No nos conocemos, pero me agradará mucho tu compañía. Después de todo somos familia. Yo llevo una vida muy tranquila, pero he deducido de las palabras del doctor Fforde que no eres una de esas chicas modernas. Espero verte pronto.*

Había una postdata: *Trae tu gato contigo.*

El doctor Fforde, al saludarla esa mañana, notó que había estado llorando. Pero su expresión, pese a la nariz enrojecida y los ojos hinchados, era relativamente serena.

–He recibido una carta de mi tía en la que me dice que usted fue a verla y me invita a quedarme con ella unos días hasta que encuentre otro trabajo.

El doctor no contestó, se quedó de pie, mirándola.

–Supongo que será más conveniente para usted si me marcho y me quedo con ella. ¿Podría irme el sábado? Supongo que la señorita Priss querrá incorporarse lo antes posible –le dedicó una amplia sonrisa que le atravesó el corazón–. Si me marcho el sábado a primera hora, ella dispondrá de todo el fin de semana para instalarse.

–Eso suena muy bien. Te llevaré en coche el sábado a casa de tu tía.

–No, no –replicó apresuradamente–. No es necesario. No tengo apenas equipaje y estoy segura de que hay un tren.

–Aun así os llevaré a Sam y a ti en mi coche –insistió.

Loveday sabía que no valía la pena discutir cuando él empleaba ese tono.

–Bien, gracias. Y si pudiera escribirme en el caso de que encontrara algo para mí… –añadió algo hastiada–. Claro que siempre puedo ir hasta Exeter. Seguro que encuentro algo…

Parecía muy joven, allí de pie, y él era mucho mayor. Estaba seguro de que pensaba en él como en una persona de mediana edad.

–Si confiaras en mí, Loveday…

–¡Pero si confío! Ya tendría que saberlo.

El doctor sonrió y entró en su despacho.


Loveday empezó a limpiar a conciencia el apartamento, se dijo que tenía que quedar prístino, como una patena. Eso la mantenía ocupada las horas que no trabajaba, de modo que terminaba el día agotada y dormía buena parte de la noche. Pero cada vez que se despertaba al amanecer, lo único que podía hacer era volver una y otra vez sobre sus problemas.

El más grave de todos era cómo podría vivir sin la presencia diaria del doctor. Era algo que no se había planteado hasta ese momento. Siempre estaba ahí, cada día, y ella lo había aceptado sin preocuparse del mañana. Incluso cuando había creído que Charles le había roto el corazón, el doctor había estado a su lado, en el fondo de su mente, como un bálsamo para el dolor.

Se había convertido en parte sustancial de su vida sin que lo hubiera notado y ya no podía remediarlo. Enamorarse no tenía nada que ver con el capricho que había tenido con Charles. Era el lento despertar de una certeza, la convicción de que deseas pasar el resto de tu vida al lado de una persona...

Los días pasaron deprisa. Empaquetó sus pocas pertenencias, limpió el apartamento una vez más, se despidió de Todd y ordenó el armario botiquín y la sala de espera.

Tal y como le había pedido el doctor, se presentó el sábado a las nueve de la mañana con su equipaje y Sam en la gatera. La partida había resultado más sencilla porque el doctor le había sugerido que dejara en el altillo que había en el apartamento todo lo que no fuera a necesitar en casa de su tía.

Salieron poco después, con Sam gruñendo en su cesta en el asiento trasero y Bob a su lado. El doctor la había recibido con entusiasmo, asegurándole que sería un viaje muy agradable.

–Siempre me han gustado los últimos días del otoño –dijo–, a pesar de que haya menos luz. ¿Has traído ropa de abrigo? La señorita West tiene una casa muy acogedora, igual que el pueblo, pero está bastante aislado. Aunque creo que hay un autobús a Ashburton una vez a la semana. Claro que seguramente no estés tanto tiempo como para comprobarlo.

–¿No ha sabido de ningún puesto que pueda desempeñar? –preguntó, y enseguida añadió–. He pensado que si no encuentra nada en una semana o diez días, podría ir a Exeter y buscar algo por allí.

—Es una buena idea —señaló sin creer una sola palabra de lo que decía.

Sabía perfectamente lo que iba a hacer.

Pararon a tomar café en un pub de carretera y Bob, que ya no tenía las patas escayoladas, fue a dar un pequeño paseo. Sam, somnoliento tras un opíparo desayuno, apenas se estiró en su cesta.

Era imposible sentirse desgraciada. El hombre del que había descubierto que estaba enamorada se hallaba junto a ella. Quizá no volviera a verlo después de ese día, pero en ese instante era muy feliz. No hablaron mucho, y cuando lo hicieron fue para descubrir que les gustaban las mismas cosas. Amaban el campo, los libros, los animales, las tardes de invierno junto al fuego y los paseos a la luz de la luna. Loveday deseó que la señora Seward también disfrutara con esas cosas. Quería que él fuera feliz por encima de todo.

Pararon a almorzar en un hotel a pocos kilómetros de Exeter y después continuaron su camino por la carretera de Plymouth hasta que llegaron a Ashburton y giraron para llegar finalmente al pueblo.

La señorita West ya había abierto la puerta de su casa antes de que el doctor detuviera el coche. Él bajó de su Bentley, abrió la puerta de Loveday y la tomó de la mano.

—Su sobrina, Loveday, señorita West —dijo el doctor.

# CAPÍTULO 5

LOVEDAY se había quedado cada vez más callada a medida que se acercaban a Buckland-in-the-Moor. Era un día gris, encapotado. Tenía la desagradable sensación de que no debería haber ido. Quizá no le gustara a su tía, quizá el doctor no pudiera encontrarle un trabajo y quizá, y eso era lo peor, no lo volvería a ver.

El camino giraba en una curva muy cerrada y el pueblo había aparecido justo detrás, escondido en la orilla del río Dart. Y casi como si se hubiera pactado una señal, un rayo de sol había atravesado las nubes para anunciar su llegada.

—Es precioso —había dicho Loveday y se había sentido mucho mejor.

—Estaba seguro de que te gustaría —había replicado el doctor mientras atravesaba el pueblo, pasaba frente a la iglesia y se detenía frente a la casa de la señorita West.

—¿No irá a…? —preguntó con pánico repentino.

—No, pasaré la noche en el pub y volveré a Londres mañana.

Ella había dejado escapar un suspiro de alivio. Había salido del coche y se había quedado de pie frente a la casa de su tía, examinando el entorno. En esa época del año la piedra no resultaba muy acogedora, pero lo había olvidado todo cuando había visto a su tía en el umbral de la puerta con una expresión tan cálida que habría derretido hasta el corazón más duro.

Una vez en el vestíbulo de la casa, se paró para estudiar detenidamente a Loveday.

—Tu madre también tenía los ojos verdes —observó—.

Puedes llamarme tía Alicia. ¿Habéis tenido buen viaje? ¿Dónde están el perro y el gato? ¿En el coche?

–Un viaje muy agradable –dijo el doctor–. Bob y Sam están en el coche.

–Bien. Hay comida en la cocina. Sam puede ir allí, de momento. Bob puede venir al salón con nosotros.

Estaba empujando a Loveday hacia la sala, pero se volvió para hablar al doctor.

–Las maletas pueden esperar. Ahora tomaremos el té. Quitaros los abrigos.

Loveday obedeció y el doctor, divertido, también. Recordó con nostalgia una niñera que solía hablarle con la misma autoridad.

Tomaron el té sentados alrededor de una mesa camilla mientras perros y gatos descansaban en buena compañía junto a la chimenea. Poco después Sam, receloso, se unió a ellos. Pero ninguno de los presentes acusó la intromisión y fue recibido como uno más…

El doctor metió las maletas en la casa y se puso en marcha, pero antes la tía Alicia lo citó para el desayuno del domingo.

–Yo tengo que asistir a los maitines –dijo–, pero estoy segura de que Loveday y tú tendréis que charlar sobre su futuro. Un buen paseo al aire libre os sentará bien. Ven a las diez en punto. Podéis caminar hasta Holne y tomar café allí. La comida estará lista a la una y después mi sobrina y yo iremos a Evensong.

El doctor, que reconoció en ella una aliada, asintió. Agradeció el té, se despidió de Loveday y se llevó a Bob consigo al pub, donde lo recibieron como a un viejo amigo. Y tras una suculenta cena y un breve paseo con Bob se acostó y durmió con la tranquilidad de un hombre al que no inquieta su futuro.

Loveday, que había reprimido el impulso de salir corriendo tras él, siguió a su tía escaleras arriba hasta una pequeña habitación con vistas al jardín trasero y al páramo. Había algunos libros en la mesilla y un jarrón con crisantemos sobre la mesa. Después bajó a la cocina y ayudó a dar de comer a los gatos y a Tim, sorprendida ante la actitud de Sam, muy tranquilo.

–Siempre me ha parecido que los animales son preferibles a las personas –dijo la tía Alicia–. Ten cuidado si sales al jardín. Hay una familia de erizos entre el montón de fertilizantes, y conejos junto a la valla.

Disfrutaron de una agradable tarde juntas, mirando viejas fotografías de la familia que Loveday apenas recordaba y, después de la cena, la señorita West inició un interrogatorio muy sutil.

Loveday, encantada ante la idea de tener alguien con quien hablar, relató sus experiencias con la señorita Cattell y el doctor. Eso le dio la sensación de que lo tenía más cerca y su tía apreció un brillo especial en la mirada de Loveday cada vez que esta hablaba de él.

Loveday, acompañada de Sam, durmió profundamente. Su último pensamiento había sido para el doctor y también el primero, nada más despertarse. Se marcharía esa noche, pero todavía les quedaban unas horas.

El doctor llamó a la puerta a las diez en punto. Después de diez minutos de charla con la señorita West, se llevó a Loveday para dar un paseo.

–Holne está a algo menos de dos kilómetros –dijo el doctor mientras tomaban el camino que había junto a la iglesia–. Después podemos seguir el curso del río hasta Widecombe. Hay un sendero.

Empezó a hablar acerca de temas intrascendentes, sin mencionar el futuro, y Loveday estaba tan feliz con su compañía que olvidó que ella no tenía futuro y charló acerca de los perros, los gatos y la familia de erizos.

–Me gusta mi tía –dijo.

–Estoy seguro que agradecerá tu compañía. Ya hemos llegado. ¿Te apetece un café?

El café era excelente y el fuego de la chimenea ardía

con intensidad, pero no se quedaron mucho rato. Tomaron el sendero que bordeaba el río y esa vez fue el doctor quien le habló de su vida. Dijo, en respuesta a las preguntas de Loveday, que su madre vivía en Lincolnshire, donde su padre había tenido una consulta. Y también tenía varias hermanas.

—Ya has conocido a Margaret en la consulta –comentó.

—Yo pensaba que, bueno, que… Pensaba que iba a casarse con ella –balbució.

Loveday se sonrojó, pero lo miró a los ojos.

El doctor no se permitió sonreír. Así que esa había sido la razón de su reserva… Ya se había librado de un nuevo obstáculo. Primero había sido Charles y ahora esto. La tentación de tomarla entre sus brazos era grande, pero todavía existía la cuestión de la diferencia de edad entre ellos. Tendría que concederle tiempo…

—Siempre he estado demasiado ocupado para pensar en el matrimonio –dijo con ligereza–. Y tú, Loveday, ¿nunca has pensado en casarte?

—Sí, pero solo si encuentro al hombre ideal –no quería hablar de ese tema–. ¿Cree que deberíamos regresar?

El doctor aceptó el cambio de tema sin hacer ningún comentario.

Regresaron por el mismo camino por el que habían venido y el día empezó a oscurecerse con pesados nubarrones. Ya casi habían llegado a la finca cuando Loveday volvió a tomar la palabra.

—¿Me avisará si…? Lamento recordárselo tantas veces, pero me gustaría estar segura.

—Te aseguro que te avisaré –afirmó–. Y ahora que ya no trabajamos juntos, ¿no podrías llamarme Andrew?

—En mi pensamiento siempre te he llamado Andrew –reconoció con una sonrisa.

La comida fue un verdadero festín. Quizá la tía Alicia viviera sola, pero estaba al tanto de todo lo que ocurría en el mundo. Había mucho de lo que hablar hasta que dijo a regañadientes:

–Supongo que querrá ponerse en marcha y no quiero entretenerlo. Loveday, ponte el abrigo y acompaña al doctor Fforde hasta el pub. Asegúrate de que se marcha.

Fue un paseo muy corto, demasiado corto. Apenas un par de minutos. Loveday se quedó junto al coche mientras el doctor hacía subir a Bob al asiento de atrás, cerraba la puerta y se volvía hacia ella.

Parecía una chiquilla de dieciséis años y ese último obstáculo, la diferencia de edad, se hizo dolorosamente presente. Se casaría con ella, pero cuando hubiera tenido la oportunidad de vivir su vida con gente de su edad que hicieran reír tanto como Charles.

Todo lo que deseaba expresar quedó en silencio. Se despidió de ella, subió al coche y se alejó. Ella lo vio marcharse con los ojos llorosos hasta que el coche desapareció tras la curva del camino. Por un momento había pensado que iba a decirle algo, que volverían a verse, que seguirían en contacto y serían buenos amigos…

Se secó las lágrimas y regresó con la tía Alicia. Echó una mano con los cacharros y después llevó al viejo Tim a dar un paseo. Más tarde acompañó a su tía a Evensong. Nadie, al mirarla a la cara, habría adivinado su infinita tristeza.

Los días siguientes fueron tranquilos, centrados en la apacible vida que llevaba la tía Alicia, pero siempre había algo que hacer. Y una vez a la semana tomaba el autobús a Ashburton para hacer la compra. Allí adquiría carne, verduras, lana para la costura de su tía y comida para los animales. También disfrutaba con la llegada semanal de la librería ambulante y la recogida diaria del periódico en el pub.

Ya era última hora de la tarde del sábado cuando el doctor llegó al pub. Era demasiado tarde para avisar a la señorita West. El domingo a primera hora, Loveday se preparaba para sacar a los animales para el paseo matutino cuando vio al doctor acercarse por el camino.

Bajó corriendo las escaleras para abrirle la puerta en el momento en que llegaba al umbral y se echó en sus brazos con la inconsciencia de una chiquilla.

El doctor cerró la puerta y después abrazó a Loveday con ternura y la besó.

–Tenía que venir y verte. Sabes, Loveday, estoy enamorado de ti…

–¿Y por qué no me lo dijiste? –replicó orgullosa.

–Soy mucho mayor que tú y nunca has tenido la oportunidad de conocer a chicos de tu edad, si exceptuamos a Charles.

–¿Esa es la única razón?

–Tendrás todo el tiempo del mundo para decidir si quieres casarte conmigo. Esta tarde regresaré a Londres y no volveré hasta que estés preparada para darme una respuesta.

Ella lo miró y habló con la voz temblorosa.

–Me quedaré aquí el tiempo que desees, pero te daré una respuesta ahora mismo. Yo también te quiero y me casaría contigo hoy mismo, si fuera posible.

Miró la expresión ferviente de Loveday y sonrió. Catorce años de diferencia no eran nada. No tenían la menor importancia. Volvió a besarla, profundamente. Una experiencia deliciosa que repitió al instante.

La tía Alicia, que había bajado para preparar el té, no se molestó en avisarlos. Mientras echaba las hojas en la tetera, decidió que les regalaría para su boda la tetera de plata que había pertenecido a su familia. Se sirvió una taza y se sentó junto al fuego, armada de paciencia. Debían disfrutar de ese momento mágico.

# UNA MUJER MUY ESPECIAL

CAROLINE ANDERSON

# CAPÍTULO 1

BUENO, ya estamos.

Cait miró los muros exteriores del colegio mayor, lúgubres e inhóspitos, y el corazón le dio un vuelco. ¡Dios Santo! Su pequeña iba a vivir en ese edificio gris, sombrío, rodeado por un montón de bloques de cemento, suciedad, vicio...

—Mira, mamá, hay un sitio libre allí, junto al Mercedes.

¡Qué contraste tan desafortunado!Dio marcha atrás hasta colocar el coche junto al Mercedes.

—Me pregunto si tendremos dinero suficiente para el parquímetro y olvidarnos del coche durante una hora.

—No nos llevará tanto tiempo –dijo Milly con inocencia–. Solo he traído unas pocas cosas.

Cait miró por el espejo retrovisor el montón inestable de artículos esenciales que Milly había llevado consigo y suspiró. ¿Unas pocas cosas? Estaría soñando.

Echó suficientes monedas en el parquímetro y tuvieron que franquear el puesto de seguridad para llegar al vestíbulo de entrada. Milly se acercó al conserje, sentado en la mesa de la portería, y sonrió con timidez.

—Hola. Me llamo Emily Cooper. Tengo una habitación aquí este año.

—Desde luego. Sí, Cooper, aquí está. Esta es tu tarjeta, la llave de la habitación, el reglamento de la residencia, las instrucciones para el uso del teléfono...

El hombre alcanzó a Milly un fajo de papeles, recitó de memoria una serie de normas y depositó la llave en la palma de la mano extendida de la joven.

—Avísame si tienes algún problema –señaló el conserje.

–Vamos a echar un vistazo –dijo Cait–. Traeremos tus cosas en un minuto.

Esbozó una sonrisa de aliento y Milly correspondió con otra sonrisa, algo tensa y pálida.

Si era justa, tenía que admitir que esa palidez venía motivada por la cantidad de fiestas y despedidas que habían organizado en los últimos días para Milly. Pero Cait también sabía que su hija sentía cierta inquietud.

Era un gran paso en su vida y Cait no podía recurrir a su bagaje personal para fortalecer el ánimo de Milly. No podía aconsejarla acerca de las cosas que debía evitar, aquello que tenía que disfrutar o esa clase de indicaciones. Quizá hubiera podido en otras circunstancias, pero nunca había ido a la Universidad, pese a su voluntad de estudiar Derecho. Había tenido que luchar para criar a Emily y que nunca le faltara un techo.

Claro que nunca había sido tan inteligente, brillante y talentosa como su hija. Pero había hecho todo lo que había podido por ella, había trabajado siempre y, en los últimos dieciocho años, nunca le había fallado.

Y había llegado el momento de que Milly volara sola.

«¡Señor, dame fuerzas!»

–No tiene tan mal aspecto –dijo Milly, dispuesta a convencerse–. Al menos está recién pintado.

Cait, asaltada nuevamente por el pánico materno, pensó que se trataba de unos muros viejos y quebradizos. Sentía escalofríos, pero volvió a sonreír.

–¡Aquí está tu habitación! –señaló la puerta con el número correspondiente–. Mira, hay una cocina en esta sala. Eso está bien.

La puerta se abrió y dio paso a un dormitorio bastante pequeño. Si bien, al igual que el pasillo exterior, lo habían pintado recientemente, presentaba un aspecto bastante desolador. Cait se estremeció ante esa visión. Había una cama, una silla, un escritorio maltratado por los años con algunas estanterías torcidas e inestables en la pared, un armario en una esquina… y eso era todo.

–Bueno, al menos está limpio. Y la moqueta parece nueva –dijo con un falso entusiasmo–. ¿Qué tal está la cama?

–Está bien –Milly saltó sobre el colchón–. Un poco blanda.

Se levantó y fue hasta la ventana, que daba a un patio interior.

–Al menos no tendrás que sufrir el ruido del tráfico –apuntó de buena gana, y Milly emitió un leve gemido a modo de asentimiento–. Venga, vamos por tus cosas y podremos deshacer las maletas y guardarlo todo. Ya verás como la habitación cobra vida enseguida.

Milly replicó con un murmullo evasivo y Cait, preocupada, siguió a su hija hasta el aparcamiento. Primero llevaron las maletas, tropezándose con las paredes y clavándose los picos en las piernas. Mientras subían las escaleras hasta la segunda planta tuvieron que detenerse y echarse a un lado para dejar paso a dos personas.

Primero bajó el hombre, alto y de rasgos duros, que dirigió a Cait una sonrisa breve e impersonal que, por alguna razón, aceleró el pulso de esta. Lo seguía un chico joven que supuso sería su hijo y que se detuvo junto a Emily.

–¡Eh!, Milly –dijo y ella se apartó el pelo de los ojos.

–¡Hola, Josh! –exclamó y sonrió al chico con evidente agrado–. ¿Qué estás haciendo aquí?

–Lo mismo que tú, imagino –se apoyó contra la barandilla de la escalera y sonrió–. Entonces ¿has conseguido nota para estudiar Medicina?

–Sí. ¿Y tú?

–¡Sí! Oye, es genial.

Josh sonrió abiertamente y la sonrisa de Milly iluminó el rostro de esta.

Era una chica preciosa. Cait notó un nudo en la garganta mientras contemplaba a su hija. ¿Estaría bien?

–¿Josh?

La voz resonó a lo largo del pasillo y el chico hizo una mueca.

—¡Ya voy! —gritó, y dirigió a Emily una sonrisa de despedida—. Ya nos veremos, Milly.

Bajó las escaleras de dos en dos y desapareció tras doblar la esquina.

Cait lo vio marcharse, alto y desgarbado, pero con una simpatía contagiosa que le levantó el ánimo enseguida.

—¿Quién era ese chico? —preguntó sin darle importancia.

—Se llama Josh no sé qué, no me acuerdo. Estudiaba en otro de los institutos de la ciudad. Nos conocemos de vista. Estuvo saliendo una temporada con Jo. También nos encontramos en una conferencia en Cambridge, pero hacía años que no lo veía.

—En todo caso, ya tienes un conocido —dijo Cait aliviada, tanto por ella como por su hija—. Siempre se agradece encontrarse con algún conocido y parecía contento de verte. Venga, vamos a meter las bolsas.

Esa era la parte fácil. Las cajas suponían un reto mucho más serio. Cait se preguntó cómo demonios iba a subir las escaleras con la última, un bulto enorme e incómodo que parecía decidido a presentar batalla. De pronto sintió que le quitaban el peso de las manos.

—Espere, permítame —susurró una voz suave, profunda.

—Gracias —ella se retiró y sonrió. Sus ojos se encontraron y el corazón de Cait se sobresaltó, apresado entre sus costillas—. Ah, es usted el padre de Josh.

—Me llamo Owen Douglas.

—Soy la madre de Milly, Cait Cooper.

—¿Su madre? ¡Dios mío! Creía que era su hermana, su tía o algo similar.

¿Un halago? Si no hubiera sido por la alianza que llevaba en el dedo y el hecho de que la estuviera ayudando, habría creído que buscaba algo. Pero, debido a las circunstancias, le otorgó el beneficio de la duda y culpó a la pobre iluminación del edificio.

—¡Nada de eso! —señaló.

Estudió al hombre y pensó que era una lástima que estuviera casado. Claro que no cabía la posibilidad de que se interesara por ella. Ningún hombre que hubiera valido la pena había fijado los ojos en ella. ¡En fin!

Él sonrió con timidez por encima de la enorme caja que había estado a punto de terminar con las últimas fuerzas de Cait.

—Me encantaría estrechar su mano, pero en este momento sostengo un peso demasiado grande —apuntó.

—¡Dios mío, lo siento mucho! —ella centró la atención en la situación—. ¿Puede con ella?

—Creo que podré arreglármelas —dijo secamente—. Pero tendrá que indicarme el camino.

—Por supuesto, la habitación está en la segunda planta —dijo por encima de su hombro, subiendo las escaleras a buen paso—. Supongo que Josh está el piso de arriba, ¿no?

—En efecto. Creo que ahora está enseñándole todo esto a Milly. Por fin hemos terminado. No puedo creer que piense que necesita tantas cosas.

—Entonces ¿no somos las únicas? —Cait rió—. Estoy segura que la mayoría de las cosas que ha subido son del todo innecesarias.

—Puede estar segura —asintió—. Y mucho más después de subir tres pisos de escaleras.

Dejó la caja en el único espacio libre que quedaba en la habitación de Milly. Se incorporó con una sonrisa y tendió la mano a Cait. Debía estar en forma. Apenas mostraba cansancio después del esfuerzo.

—Me alegro de conocerte, Cait —aseguró.

Ella tardó un poco en darle la mano. De pronto notó que esta desaparecía en un cálido apretón y sintió que perdía el sentido. Murmuró algo acerca de lo pequeño que era el mundo y él soltó una carcajada.

—No hay demasiados centros donde estudiar Medicina, y casi resulta obligado encontrarse con alguien —añadió.

—Bueno, yo también me alegro de conocerte. Aparte de que hayas subido la caja hasta la habitación, resulta reconfortante saber que Milly no estará totalmente sola en una ciudad tan grande y peligrosa.

Owen dirigió a Cait una sonrisa cómplice. Sus ojos se arrugaron un poco e irradiaron una calidez exquisita desde la profundidad ambarina de sus pupilas. Cait sintió que todo su cuerpo se derretía. Todavía podía sentir la impronta de su tacto en la mano y, en el fondo del corazón, un sentimiento que había hibernado toda la vida cobraba vida lentamente.

No sabría decir cuánto tiempo permanecieron de pie, en la habitación, mirándose. Pero Milly y Josh irrumpieron de pronto y rompieron el hechizo. Otra chica apareció frente al grupo y se presentó. De pronto Cait sintió que estaba de más.

—Creo que ha llegado la hora de la retirada —susurró Owen y ella asintió, distraída.

—Vamos, Josh —dijo Owen—. Ven a despedirme.

El chico titubeó un instante.

—Está bien —dijo—. Hasta luego, Milly.

Milly asintió. La chica de la habitación de al lado miró alternativamente a Milly y a Cait, se despidió y las dejó solas.

—¿Quieres que te ayude a deshacer las maletas? —preguntó Cait, que no sabía si sería mejor prolongar la agonía del adiós o despedirse antes de ponerse en ridículo.

—Puedo ocuparme de todo —dijo Milly—. Así tendré algo que hacer hasta la hora del té.

—Bien, se supone que puedo llamarte a este teléfono. O eso han dicho. Así que te llamaré desde casa. Y tienes el móvil para localizarme si me necesitas…

—Está bien, mamá. No te preocupes por mí.

Abrazó a Cait y esta abrazó a su pequeña. Pensó en lo frágil que parecía Milly entre sus brazos, demasiado débil para enfrentarse ella sola a un entorno totalmente nuevo.

—De acuerdo, será mejor que me vaya antes de que me pongan una multa de aparcamiento —dijo con alegría, y besó a su hija en la mejilla—. Recuerda que estoy aquí para lo que necesites. Te quiero.

Abrazó a su hija una vez más, un abrazo corto e intenso, y después salió de la habitación, cruzó los pasillos y llegó a la calle. El Mercedes había desaparecido. Aprovechó el espacio libre para maniobrar, se incorporó a la circulación y condujo en dirección al epicentro del tráfico de Londres.

Se dijo que no iba a llorar y lo repitió en voz alta para convencerse.

—¡No voy a llorar! Está haciendo lo que siempre ha querido. Lo ha conseguido. No tengo ningún motivo para llorar.

Pero sí existía un motivo, por supuesto. Su hija había crecido, había abandonado el nido y ahora Cait se quedaría sola.

—Ahora podrás hacer todo lo que siempre has deseado. Te has matriculado en ese curso de Derecho y ahora dispondrás de tiempo libre para leer, ir al cine, visitar museos, exposiciones y disfrutar de todo de lo que te has privado estos años.

Actividades intelectuales. Nada de asuntos domésticos. Sería una persona más inteligente y más culta, pero estaría sola.

Sorbió la nariz con fuerza y se frotó las mejillas con el dorso de la mano. Tuvo que hurgar en el bolsillo para sacar un pañuelo de papel. Se cambió de carril y recibió un bocinazo a cambio de todos sus esfuerzos. Después de aquello encendió la radio y cantó a voz en grito, desafinada, todo el camino hasta que salió de Londres y tomó la A12.

Finalmente apagó la radio, cansada de sus propias bravatas contra el mundo, y detuvo el coche en un restaurante de la carretera. Cruzó los brazos sobre el volante, apoyó la cabeza y soltó un bramido.

—Idiota —se dijo con desprecio cinco minutos más tarde—. Seguro que estás hecha un auténtico espantajo.

Levantó la cabeza, se sonó con fuerza y se miró en el espejo retrovisor. Los ojos enrojecidos le devolvieron una mirada cansada.

–Necesito un café –suspiró.

Abrió la puerta del coche y se encontró con Owen Douglas, elegantemente vestido, una pierna cruzada sobre la otra a la altura del tobillo, en perfecta sintonía con su lujoso Mercedes.

–¿Te encuentras bien? –preguntó con delicadeza.

Cait cerró los ojos presa de la desesperación. Tenían que encontrarse precisamente en ese momento... Era una jugarreta del destino.

–Sobreviviré –murmuró y se obligó a levantar la vista hacia él.

Los ojos de Owen irradiaban comprensión y, de pronto, se alegró de ese encuentro fortuito. Quizá no se conocieran demasiado, pero sabía al menos que estaban en el mismo barco.

–Tu aspecto describe mi estado de ánimo a la perfección –señaló él con una tímida sonrisa–. ¿Te apetece un café?

–Pensaba entrar a tomar uno –asintió Cait–. ¿Tú también acabas de llegar?

–No, ya me iba –negó con la cabeza–. Pero no tengo prisa y no me importaría tomarme otra taza de café. Ya sabes que las penas compartidas resultan más llevaderas.

–Sería estupendo tomar ese café –y, por primera vez en varias horas, sonrió abiertamente–. Gracias.

–Es un placer –musitó él, y su voz provocó en ella un extraño cosquilleo que le recorrió la espina dorsal.

Cait se recordó con cierto orgullo que era un hombre casado y que no debía llevarse a engaño. Pero los ojos de Owen estaban sonriendo y el corazón de Cait no estaba escuchando sus advertencias...

OWEN pensó que se trataba de una mujer con carácter. Se sentía como él, vacía, hundida y un poco perdida. Abrió la puerta para dejar pasar a Cait y aspiró el aroma suave. No era exactamente perfume, sino el rastro sutil de algo especial, embriagador, mezclado con la calidez de su piel.

El camarero, algo perplejo, acudió al encuentro de Owen.

–¿Se ha olvidado algo, señor? –preguntó, y Owen negó con la cabeza.

–No, me he encontrado con una amiga y he decidido acompañarla –respondió.

Al instante se preguntó si no habría exagerado al tildar a Cait de «amiga». Probablemente, sí. Meros conocidos sería mucho más apropiado.

Y apenas habían alcanzado ese grado de relación.

Pero aun así, sentía que la conocía. Estaban experimentando las mismas emociones, básicas y primitivas, y eso había establecido entre ellos una conexión inmediata.

Acompañó a Cait hasta un asiento vacío, con la mano apoyada apenas sobre la curva de su cintura, y mientras tomaban asiento el uno frente al otro, ella le dirigió una sonrisa breve, pero de una intensidad que casi le dolió el pecho.

–Gracias por acudir a mi rescate –dijo Cait con dulzura–. Odio entrar sola en esta clase de sitios, pero no podía continuar sin…

Owen finalizó la frase en su lugar.

–¿Descargar la tensión? –sugirió, y sonrió de medio lado–. Hacemos las cosas como autómatas.

Cait buscó el rostro de Owen con sus luminosos ojos grises. Él se preguntó si las pocas lágrimas que habían escapado a su estricto control emocional habrían dejado marca. ¿Y por qué tendría que avergonzarse de algo así? Amaba a su hijo. Habían pasado por todo juntos y Josh bien merecía que derramara unas lágrimas por él.

–¿Te encuentras bien? –preguntó Cait, y él soltó una carcajada algo tosca.

–Sí, gracias –dijo con un suspiro.

Ella le devolvió la sonrisa, se recogió el pelo negro detrás de las orejas y jugueteó con la correa del reloj.

–Es el mismo infierno, ¿no crees? –apuntó ella–. He preparado este momento durante años con mi hija y ahora que ha llegado, me siento… ¡Demonios, no sé cómo me siento!

–Yo sí lo sé –dijo él con verdadera empatía–. Sé exactamente cómo te sientes.

–Sí, bueno –sonrió con cierta tristeza–. Al menos tú no te comportaste como un estúpido en el aparcamiento.

–Yo no estaría tan seguro –replicó Owen, divertido.

El camarero llegó hasta su mesa dispuesto a tomar nota de su pedido.

–¿Café? –sugirió Owen y ella asintió.

–¡Por favor!

–¿Alguna otra cosa? Siempre podemos comer algo si tienes hambre.

Owen la miró a los ojos, esos preciosos ojos grises delimitados por la línea negra que dibujaba el contorno de su iris. Tenía la piel clara, los labios suaves y expresivos. Sintió un impulso irrefrenable de besarlos. Owen tuvo que hacer un esfuerzo enorme, casi físico, para contener esa urgencia.

–Perdona, pero no he entendido lo que has dicho –indicó y ella lo miró extrañada.

Owen tuvo la sensación de que estaba perdiendo pie y sintió una oleada de calor trepando por su espalda hasta la nuca.

—He dicho que no quería retenerte aquí —repitió Cait—. ¿No crees que tu esposa te estará esperando?

Jill. La vergüenza se desvaneció y fue sustituida por un dolor conocido, una tristeza íntima. Negó con la cabeza.

—No, no me está esperando —indicó—. ¿Y tú? ¿Hay alguien esperándote a ti?

Ella sacudió la cabeza. Hubo un breve destello en el fondo de sus ojos que encontró respuesta en el alma solitaria de Owen. Pero enseguida apareció esa sonrisa tenue tan desestabilizadora.

—No. Nadie me espera, salvo mi gata. Pero puede pasar sin mí.

—Entonces ¿qué te parece la idea?

—Creo que lo mejor será que traiga ese café mientras se deciden —dijo el camarero, cansado de esperar, y ofreció a cada uno una carta.

—Gracias —musitó y arqueó una ceja hacia ella—. ¿Y bien?

Cait hojeó el menú y después levantó la vista hacia él.

—Bueno, no me importaría tomar algo ligero.

—Creo que yo voy a inclinarme por algún frito grasiento.

Ella abrió mucho los ojos y entonces rió. Un sonido bajo, musical, que desentonaba claramente con su aparente serenidad.

—¿Quieres combatir la depresión con una buena comida? —preguntó y él rió.

—Algo parecido. Además, ahora no tengo a Josh encima dándome la lata. Es un converso a la comida sana. No sé cómo va a sobrevivir a la comida de la universidad.

—Milly estará a sus anchas. Mi cocina es un desastre y, la mayoría de las veces, estoy demasiado ocupada para preocuparme. No recuerdo la última vez que preparé algo parecido a un asado, si no contamos la cena de anoche. Pero fue algo así como la Última Cena con el Hijo Pródigo, todo bien mezclado, si entiendes a qué me refiero.

Owen lo comprendía perfectamente. Había hecho exactamente lo mismo, solo que ellos habían acudido a un restaurante, después habían tomado una copa en un pub y, finalmente, habían parado un taxi. Ambos habían amanecido algo deprimidos.

El camarero llevó el café. Owen sirvió a Cait, volvió a sentarse y llenó su taza. Vertió la leche y removió la mezcla con expresión ausente mientras pensaba en lo extraño que resultaría volver a casa solo, sin Josh.

—Bueno, ¿y qué haces para mantenerte ocupada? —preguntó con una alegría excesiva, dispuesto a cambiar de tema, y ella rió y entornó los ojos.

—Tengo una boutique. Alquilo y confecciono trajes de fiesta. Y en ocasiones también hago vestidos de novia. Es un trabajo un poco estacional, pero normalmente nunca faltan encargos. Los bailes suelen ser en invierno y las bodas en verano, así que todo se complemente bastante bien. ¿Y tú?

—Soy médico, cirujano —explicó—. Corto a la gente en vez de cortar telas. Es más fácil que lo que haces tú. La gente se cura.

La comparación arrancó una sonrisa a Cait.

—Es cierto, pero siempre puedo comprar más tela si lo estropeo todo —apuntó, y Owen sonrió.

—Sí, admito que ahí tienes razón. No me imagino despertando a un paciente de la anestesia para decirle: «De acuerdo, esto ha sido una prueba. Ahora vamos en serio».

La sonrisa de Cait era espectacular. Demasiado grande, seguramente, pero tenía los dientes bien alineados y muy blancos. Y se le arrugaba la nariz cada vez que reía.

Owen pensó que resultaría una experiencia increíble hacer el amor con ella. Cada caricia, cada gesto tendría su equivalencia en ese rostro tan maravillosamente expresivo y en esos ojos tan vivaces.

Se removió en su asiento, consciente de que estaba sintiendo las punzadas de una necesidad que no había experimentado en muchos años.

Apartó los ojos de ella y bajó la vista hacia la carta. Entonces eligió el plato más terrible que encontró en la carta y dejó el menú sobre la mesa.

–Estoy listo si tú lo estás –dijo con la voz ronca y el doble sentido de sus palabras lo golpeó como un tranvía.

¡Maldita sea! Confió en que ella no estuviera mirándolo. Por un momento tuvo la certeza de que sus pensamientos podían leerse en su rostro como en un libro abierto. Y expresaban un deseo muy subido de tono.

Cait estaba hambrienta.

Owen ya había elegido, pero ella se debatía entre la tostada de paté que había leído en primer lugar y la suculenta ilustración del pollo crujiente con patatas fritas y ensalada. Era terriblemente caro en comparación, pero un día era un día. Podía permitirse un pequeño derroche de vez en cuando y era una ocasión única, incluso muy especial.

–No puedo decidirme –murmuró, pero seguía con la vista clavada en la foto del pollo–. Pensaba pedir el paté, pero esto tiene tan buena pinta…

–Pues no lo pienses más –aconsejó Owen, y le quitó la carta de las manos–. Deja de preocuparte. El instinto es algo maravilloso.

–Tienes razón. De acuerdo, tomaré el pollo frito.

Cait lo miró a la cara, pero su expresión era neutra. Sonreía con educación, pero esa sonrisa no decía nada. Owen llamó al camarero, hizo el pedido y rellenó la taza de Cait con más café.

Ella removió la mezcla con la cucharilla, explotó una pompa de aire en la superficie de la taza y levantó la vista hacia él. Al hacerlo, sorprendió una mirada imprudente que le cortó la respiración.

No, era producto de su imaginación. No era posible que la hubiera mirado de ese modo.

–¿Dónde vives? –preguntó Cait para romper el silencio.

Enseguida pensó que quizás había ido demasiado lejos al interesarse por algo tan personal, puesto que apenas se conocían. Pero no fue así en virtud de la rapidez con que Owen respondió a su pregunta, sin vacilación.

—Al sur de Audley; unas diez millas al oeste de Wenham Market.

—Yo estoy bastante cerca —contestó, preocupada por si su tono había resultado demasiado entusiasta.

Eso habría sido embarazoso. Solo porque hubiera dicho que no lo esperaba nadie no significaba que no hubiera una persona en su vida. Quizá estuviera fuera de la ciudad, en viaje de negocios. ¡Maldita fuera!

—¿Bastante cerca? —repitió—. ¿Te refieres a la tienda o a tu casa?

—A las dos. La tienda está en la plaza, entre la tienda de antigüedades y la carnicería. Y nosotras vivimos en el apartamento de arriba.

—Suena a que tiene mucho encanto. Te envidio, en parte. Nosotros vivimos en un sitio un poco aislado. Es parte de su atractivo, pero también uno de sus mayores inconvenientes.

—¿Es una casa vieja? —preguntó, horrorizada por su malsana curiosidad, pero él no pareció molestarse por eso.

—Sí y no —replicó, y enseguida sonrió a modo de disculpa—. Es un antiguo cobertizo restaurado. Así que el edificio es viejo, pero funciona como vivienda hace poco. Hace unos seis años, creo. Compré la casa hace tres años, tras la muerte de mi esposa.

Cait recibió la noticia como si agua helada corriese por sus venas. Entonces no estaba de viaje. Sacudió la cabeza con lástima.

—¡Oh, Owen, lo siento mucho! —murmuró.

—Esas cosas ocurren. Al menos fue rápido. No sufrió. Tenía un coágulo de sangre presionando el cerebro. Murió casi al instante.

—Tuvo que ser algo terrible. ¿Estaba en casa?

–No, iba en el coche. Detuvo el coche, pero el motor seguía encendido. Un testigo dijo que logró salir del coche, se desplomó y eso fue todo. Descubrieron la hemorragia después de certificar la muerte.

Debía haber sido espantoso. Algo terrible, violento e inesperado. Cait sintió el escozor de las lágrimas a punto de saltársele y reprimió las ganas de llorar.

–Tuvo que ser un golpe brutal –dijo con voz ahogada–. ¿Cómo se lo tomó Josh?

Owen soltó una carcajada corta, desprovista de humor.

–No demasiado bien. Tenía catorce años y estaba furioso con ella.

–¿Y los demás, si es que los hay?

–No –negó con la cabeza–, no hay nadie más. Tan solo Josh y yo.

–¿Pollo con patatas fritas?

Ambos levantaron la vista, un poco asustados, y vieron al camarero inclinado sobre ellos, sosteniendo dos platos sobre sus cabezas.

–¡Eh, sí! Gracias –dijo Cait y apartó la taza de café mientras asumía la revelación.

El camarero se alejó y ella, instintivamente, se echó hacia delante y tomó la mano de Owen con ternura.

–Estoy bien –señaló con una sonrisa que estaba fuera de lugar–. La verdad es que no suelo comentarlo con la gente. Lamento desfogarme de este modo contigo. No tendría que haberlo mencionado.

–Sí que debías hacerlo. Ha formado parte de tu vida durante muchos años. No puedes dejarla a un lado como si nunca hubiera existido.

En los ojos color ámbar de Owen podía leerse gratitud por la comprensión de Cait, y sonrió con un halo de pena.

–Gracias por entenderlo. Tienes razón, pero la mayoría de la gente no opina como tú. Los hace sentir muy incómodos.

–Eso es una estupidez.

–Es posible. Será mejor que comas antes de que se enfríe.

Cait miró el plato de Owen, un desayuno de domingo en toda regla, y sintió el impulso de mojar sus patatas en la yema del huevo.

–Adelante, no te reprimas –dijo Owen.

–¿Qué? –ella lo miró asombrada y lo descubrió sonriente.

–Moja las patatas en el huevo.

–Soy una maleducada –dijo muy seria–. ¿Cómo lo has notado?

–¿Quizás tenga algo que ver la insistente mirada, llena de deseo, que has dirigido a mi plato? –preguntó con cierta retórica.

¡Dios Santo! Entonces sería preferible que no dirigiera ninguna mirada lujuriosa a Owen. Era muy rápido desvelando sus más íntimos deseos.

Alargó la mano con la patata apuntando hacia el plato de Owen, y la hundió en la yema de huevo. Se relamió mientras se lo llevaba a la boca y él sonrió de nuevo.

–Una más, y eso es todo –dijo muy serio y Cait accedió antes de concentrarse en el aromático plato de pollo que humeaba frente a ella.

Al cabo de apenas unos minutos había terminado con todo. Se recostó en el asiento y suspiró visiblemente complacida, muy satisfecha.

–¡Vaya! –señaló con una sonrisa–. Una comida excelente.

Owen pinchó el último champiñón y lo masticó a conciencia. Después sonrió a Cait.

–¿Te apetece postre?

–¡Sería demasiado! –dijo entre risas–. Voy a reventar.

–Eso sería desastroso. Será mejor que lo evitemos a toda costa. ¿Otro café?

Cait sacudió la cabeza mientras volvía a la realidad. Tenía mucho trabajo pendiente antes de abrir la tienda por la mañana y eran más de las siete. Además, la gata estaría hambrienta y se enfurruñaría si no le daba de comer enseguida.

—Tengo que irme —dijo, y él asintió.

—De acuerdo —llamó la atención del camarero, que llevó la cuenta al instante.

—¿Podría dividir la cuenta, por favor? —solicitó Cait, pero Owen negó con la cabeza.

—No, déjalo. Aquí tiene.

Sacó un fajo de billetes, añadió la propina y acompañó a Cait hacia la salida.

—No tendrías que haber hecho eso —protestó, pero él se limitó a sonreír.

—Sí, tenía que hacerlo. Ha sido idea mía que entráramos y, bueno, ha sido un placer disfrutar de tu compañía.

Acompañó a Cait hasta su coche y entonces la miró a los ojos y escrutó en silencio la profundidad de su mirada.

—Gracias por sacarme del abatimiento —dijo ella un poco sin aliento, y él sonrió apenas, una leve inclinación de sus labios bajo la luz algo estridente de los neones.

Tenía los ojos en sombra, pero parecía que un fuego interior hubiera encendido en sus pupilas una llama que ella no se atrevió a interpretar.

—Ha sido un placer —susurró, y antes de que ella pudiera moverse, hablar o reaccionar, Owen se inclinó y rozó sus labios con un beso—. Buenas noches, Cait. Cuídate.

Le puso una tarjeta en la mano.

—Toma. Aquí tienes mi número. Llámame si necesitas algo.

Y se marchó a grandes zancadas, rodeando su coche. Se sentó al volante y aguardó a que ella entrara en el coche. Una vez que Cait se acomodó en el asiento y metió la marcha atrás, Owen se despidió con un gesto de la mano y salió del aparcamiento tras ella. Las luces de su flamante coche iluminaron a Cait todo el camino. Y cuando ella se detuvo, él puso las luces largas un par de veces y se alejó.

Era todo un caballero. Cait sonrió tímidamente y entonces levantó la vista hacia la ventana de su apartamento. Estaba a oscuras. Ya no tenía a Milly para fastidiarla, pelearse con ella y abrazarla. Ya no se tropezaría con alguno de sus múltiples amigos, ni encontraría las tazas de café colocadas en fila en el alféizar de su ventana, ni la vería revolverlo todo en busca de un bolso, un papel o el teléfono.

Tan solo tendría silencio.

Se armó de valor y salió del coche. Había llegado la hora de que se enfrentara al resto de su nueva vida.

Deslizó la mano en el bolsillo para sacar las llaves de su casa y la esquina afilada de la tarjeta de Owen le rascó la palma de la mano. Tomó la tarjeta y la leyó en la penumbra de los faroles de la calle. Una sonrisa se dibujó en su rostro.

Quizás, solo quizás, su nueva vida ya hubiera comenzado.

CAIT se habría vuelto loca en esos primeros días si no hubiera tenido la compañía de la gata. Ambas se encontraban un poco perdidas sin Milly.

Allí dónde ella estaba, también estaba la gata. Dormía con ella, la seguía a todas partes y maullaba agónicamente si su ama la echaba de su lado.

Cait estaba fuera de sí, pero comprendía perfectamente la reacción del animal y le resultaba muy difícil enfadarse con él.

Bueno, en la mayoría de los casos. El segundo domingo desde la partida de Milly, dejó sobre una mesa un vestido de novia apenas diez segundos y al regresar descubrió que la gata se estaba acurrucando entre los pliegues de tul.

–¡Fuera! –ordenó con firmeza.

No se atrevió a levantar al animal por miedo a que arañara la delicada malla y la gata se alejó de un salto con la cola en el aire. No tardó mucho en regresar. Al cabo de pocos minutos estaba de vuelta arañando la puerta hasta que Cait se ablandó y la dejó pasar.

El animal trepó de un salto hasta la mesa de costura y se instaló cómodamente junto a los alfileres y las canillas. Ocultó las garras debajo de su cuerpo y ronroneó satisfecha porque se había salido con la suya una vez más. De vez en cuando sacaba una pata y trataba de cazar una hebra de hilo que colgaba de alguna de las agujas clavadas en la almohadilla. Eso ponía muy nerviosa a Cait. Agarró el alfiletero y lo colocó fuera del alcance del animal.

–No necesito una factura del veterinario –dijo, pero el gato se limitó a lavarse y se recostó para echar una cabezada–. Ya te he dicho que se ha marchado. No volverá en mucho tiempo. Quizá no venga hasta Navidad.

¿Navidad? Parecía una eternidad, pero no era tanto tiempo. Estaba a punto de terminar el último pedido de vestidos de novia, y después tendría que pasar revista a los vestidos de fiesta de la temporada de invierno, rojos, negros y verdes oscuro, que eran tan populares en las fiestas de Navidad.

Necesitaría modernizar algunos modelos, otros se pondrían a la venta antes de temporada y tendría que renovar existencias, así que no dispondría de mucho tiempo para echar de menos a Milly.

Claro que eso no era del todo cierto. Se acordaría de ella cada vez que pusiera dos platos en la mesa, cada vez que preparase dos patatas rellenas al horno o pusiera a hervir una cantidad exagerada de pasta. Cada vez que fuera al cuarto de baño y lo encontrase ordenado, sin las toallas empapadas por el suelo, el camisón tirado de cualquier manera sobre la bañera o la báscula perdida.

Solo la echaría de menos cuando le contaran algo divertido y quisiera compartirlo con su hija. Y entonces recordaría que ya no estaba junto a ella.

Lo estaba llevando bastante bien, o eso le parecía. Su hija había telefoneado un par de veces, en el interludio entre dos fiestas, y parecía que se lo estaba pasando en grande.

Muy al contrario que Cait, sumergida bajo una pila de tul que tenía que estar listo para la mañana siguiente.

Y después, por supuesto, aguardaban las clases vespertinas en que se había matriculado.

Suspiró. Quizás estaba sobrecargando su agenda, pero no podía permitirse una persona para que se ocupara de la tienda y no se atrevía a encargar el trabajo fuera. Ya lo había intentado en el pasado y las consecuencias habían sido desastrosas.

Así que tendría que hacer frente al trabajo ella sola. Probablemente perdería horas de sueño de vez en cuando, pero lograría salir adelante.

Tenía que terminar un ensayo para la noche del día siguiente, y la novia vendría a las nueve de la mañana para una última prueba y el vestido tendría que estar listo para entonces. Pero tenía tiempo más que suficiente, ya que se trataba de un modelo en el que había trabajado antes.

Se quedó trabajando hasta las once de la noche. Solo entonces empezó a leer el ensayo. No había sido una buena idea. Sentía que se le habían fundido las neuronas.

Se quedó dormida con la cabeza sobre el libro a eso de la una de la madrugada. Se marchó a la cama y prosiguió la lectura, pero finalmente admitió su derrota a las tres de la madrugada. Apagó la luz y se sumergió en la bendición del olvido hasta las ocho y cuarenta de la mañana siguiente.

Apenas quedaban veinte minutos para la prueba.

¡Genial!

Saltó fuera de la cama, se dio la ducha más rápida en la historia de la humanidad, puso ración doble de comida a la gata sin darse cuenta y salió de apartamento a toda prisa, escaleras abajo, hacia la tienda. El vestido estaba cuidadosamente dispuesto sobre una percha, en altura, y Cait no tropezó con la cola.

La novia llegaba tarde. Tardaría casi media hora, lo que le habría dado tiempo para una taza de té y una tostada mientras terminaba la lectura, de haberlo sabido. Pero permaneció todo el tiempo pendiente de la calle, a la espera de la joven.

Finalmente llegó la novia y el vestido, milagrosamente, le quedaba como un guante. Realzaba una figura no demasiado esbelta, le confería elegancia y gracia natural, y la chica estaba extasiada. Cait suspiró satisfecha y saboreó el dinero de antemano. Justo cuando despedía a la joven y cerraba la tienda, un coche se detuvo en la puerta.

Apenas vislumbró el vehículo con el rabillo del ojo y su corazón dio un vuelco. No podría atender un nuevo cliente. ¡Precisamente ese día que tenía que acabar el ensayo!

Se volvió hacia la entrada y el corazón casi se le salió del cuerpo. Empezó a latir con un ritmo frenético, anclado en la base de su garganta.

Era Owen. Y tenía que presentarse allí en ese preciso instante, sin previo aviso. Apenas había tenido tiempo de pasarse un peine por el pelo mojado y se había puesto lo primero que había tenido a mano. ¿Por qué extraña jugarreta del destino tenía que verla siempre cuando tenía peor aspecto?

Era maravilloso, de hecho. Sintió que su corazón volaba de un modo caprichoso y ejecuta extrañas piruetas dentro de su cuerpo.

Procuró disfrazar la sonrisa tonta, abrió la puerta y se apoyó contra el marco, los brazos cruzados sobre el pecho, una pierna descansando sobre la otra.

—¡Hola! —dijo, consciente de la inutilidad de su esfuerzo para reprimir la alegría—. No me lo digas, quieres algo para un baile de noche.

—¡Demonios, me has pillado! —replicó él con una sonrisa—. Pero confío en que pueda ser nuestro secreto. Había pensado en algo un poco atrevido...

—¡Vaya! Esos hombros pueden resultar un inconveniente —bromeó y Owen sonrió.

—Bueno, olvídate del vestido. Me conformaría con un café.

Un café. Tenía té y chocolate. Pero se había quedado sin café y la cocina parecía el escenario de una guerra reciente.

—Pues... —balbució, pero Owen la interrumpió enseguida.

—Tengo el día libre. Me he pasado por aquí para saludarte porque suponía que estarías en la tienda. Pero ya veo que está cerrada, así que quizá te apetezca salir. Siempre que quieras, claro. ¿Tienes tiempo?

–¿Salir? –repitió, estupefacta, molesta por parecer tan alelada.

–Sí, ya sabes. A lo mejor podríamos ir a la playa, ir de tiendas o algo similar. No lo sé. Cualquier cosa que te apetezca.

Parecía un poco perdido y ella ladeó la cabeza para estudiarlo detenidamente.

–Echas de menos a Josh, ¿verdad?

Owen levantó la comisura de los labios y soltó una carcajada sorda.

–Sí, desde luego –dijo con cierta ironía, y miró a Cait a la cara–. ¿Y tú?

–Es muy extraño –se encogió de hombros–. Milly me ha llamado un par de veces y parece que se ha adaptado muy bien. Creo que no hace otra cosa que ir de fiesta en fiesta. Nunca la localizó en su habitación.

–Lo mismo digo. Josh dice que los estudiantes de Medicina sí que saben divertirse. Creo que no ha dormido más de una hora seguida en los últimos diez días –metió las manos en los bolsillos y se balanceó sobre los talones–. Entonces ¿te apetece hacer novillos esta mañana?

–Tengo que terminar un ensayo para mi clase de Derecho de esta noche, debo terminar los arreglos de ese vestido ahora que la prueba ha sido un éxito y la tienda está manga por hombro. Sí, desde luego, me encantaría hacer novillos.

–Adelante, pues –rió Owen.

–Pero antes tengo que cambiarme –contestó, mirando el traje de Owen, pero él negó con un gesto firme.

–No, estás estupenda. Ojalá tuviera algo más informal que ponerme. Detesto los trajes –aseguró Owen.

–¿Y por qué te los pones? –preguntó Cait, perpleja.

–No tenía programado este día libre. Han cerrado mi quirófano por falta de personal y han cancelado mis citas en el último minuto. Supongo que podríamos parar un segundo en mi casa. Así me cambiaría. ¿De cuánto tiempo puedes disponer?

Cait pensó en todo el trabajo que tenía pendiente. Y después se dijo que pasaría el resto de su vida encerrada entre la tienda y su apartamento.

—Todo el del mundo —dijo con una sonrisa desafiante.

Owen asintió y le devolvió una mirada complacida.

—Muy bien. Entonces pasaremos por mi casa y subiré a cambiarme. Así conocerás a mis perros. ¿Te gustan los perros?

—Me encantan —dijo—. ¿Qué necesito llevar? —preguntó, y él se encogió de hombros.

—¿Un abrigo? Unos zapatos cómodos si te gusta pasear y poco más.

—Dame solo un minuto —asintió y se dirigió hacia la puerta en que se leía el cartel *PRIVADO,* pero se volvió hacia él un momento—. Puedes elegir el vestido que más te guste mientras me esperas.

Subió al apartamento, se disculpó con la gata por abandonarla y vaciló un instante acerca de su maquillaje. Decidió que no quería nada ostentoso. Se puso las zapatillas de deporte, el abrigo, tomó un bolso al azar y bajó corriendo.

—Creo que este me sentaría bien —dijo él, sosteniendo en el aire unas bandas de tela dorada con cierta imaginación.

—No. Necesitas más busto para llevar ese vestido —dijo.

Owen volvió a colgarlo en su sitio, muy consternado, y ella rió.

—Vaya, pobrecito —se burló y él torció la boca.

—Eres una mujer muy dura. Estoy seguro que tengo suficiente busto para ese vestido.

—Tendrías que depilarte el vello del pecho, en ese caso —señaló Cait y Owen se estremeció ante la idea.

—Quizá tengas razón. Seguiré tus consejos.

—Será lo mejor.

Cait cerró la puerta de la tienda. Owen le abrió la puerta del coche, aguardó a que ella se instalara cómodamente en el lujoso asiento del copiloto y entonces rodeó el auto hasta ocupar su sitio tras el volante. El coche volvió a la vida con un suave ronroneo y se incorporó al tráfico. Cait se recostó en el asiento, dispuesta a dejarse mimar.

La música suave flotaba en el aire y, mientras conducía, charlaron animadamente de todo un poco. Cait pensó que era muy fácil hablar con él. Tenía sentido del humor y nunca le faltaba una réplica, pero había mucho más. Había intensidad, profundidad y una calidez humana tan excepcional que Cait se sintió atraída como una polilla hacia la luz.

Se previno sobre posibles fantasías, pero todos sus esfuerzos resultaron inútiles. Cada minuto que pasaba en su compañía se sentía más cerca de él y, cuando detuvo el coche frente a la casa, supo que estaba en un serio peligro.

Por primera vez en su vida corría el peligro de enamorarse. No se trataba de lujuria, no era un arrebato adolescente ni los sueños de una madre soltera, sino verdadero amor.

Y tan solo una loca se enamoraría de un hombre que estaba tan fuera de su alcance como él.

ERA UNA casa magnífica. Estaba construida en la falda de una colina al final de un camino serpenteante. Desde el viejo cobertizo, con vigas de madera, se divisaban los campos trillados y, más allá, el bosque.

Respiró hondo el aire puro del campo y pensó en Josh y Milly, encerrados en Londres, rodeados por todas esas chimeneas. Sintió ganas de llorar.

Owen abrió la puerta y le ofreció la mano, haciéndola pasar con una sonrisa.

—¡Vamos, adelante! ¡Abajo! —gritó a los perros, que obedecieron mientras los rodeaban y olfateaban a Cait con interés—. Solo te están reconociendo, no te harán nada.

Ella no estaba asustada y veía más probable que la mataran a lametones.

—Esta es Daisy, y la otra se llama Jess. Saludad, chicas.

Cait observó a los perros, dos labradores idénticos color chocolate, y se preguntó como podría diferenciarlos.

—Llevan un collar distinto —explicó Owen, que le leyó el pensamiento.

—¡Vaya! —exclamó, casi sin aliento.

Estaban en un vestíbulo cerca de uno de los extremos y podía ver a través de la puerta abierta un acogedor salón en el extremo más próximo. Detrás de un tabique de madera aparecía el comedor, de techos muy altos, con enormes ventanales a ambos lados que llegaban hasta los aleros.

Había una enorme estufa encajada entre las dos habitaciones con un tubo de brillante de acero inoxidable que llegaba hasta el techo. Al fondo del comedor había dos escalones que conducían a la cocina y nuevos tabiques de madera que separaban esa zona de la parte principal.

–Vamos, pasa –dijo Owen.

Siguió a Owen a través del acogedor salón hasta el inmenso comedor. Inclinó la cabeza hacia atrás y observó la enorme bóveda de madera en el techo. Las vigas permanecían a la vista. Los extremos estaban separados por nuevos paneles de madera, por lo que presumió que más allá de la cocina y el salón habría otras habitaciones, seguramente dormitorios. Entre una y otra había una pasarela suspendida por barras de hierro a la que se accedía por una escalera de caracol construida en hierro forjado.

Era una fascinante mezcla de modernidad y tradición. La alta tecnología cruzada con la técnica rural. Entonces giró la cabeza y observó la vista que ofrecía el muro de cristal. Se quedó anonadada.

–¡Dios mío, es una maravilla! –dijo presa de la emoción.

–¿Te gusta? –preguntó con cierta prevención.

–¿Gustarme? –se volvió hacia él, atónita–. Es una maravilla. Claro que me gusta.

–No todo el mundo piensa igual. Un poco rústico. A Jill nunca le habría gustado. Solía decirme que no comprendía cómo nadie podía querer vivir en una cabaña. Le gustaba el orden, cada cosa en su sitio. Antes teníamos una mansión victoriana en la ciudad, elegante y formal, y los perros no podían salir de la cocina por mucho que le gustaran.

–Y ahora supongo que duermen contigo en la cama –bromeó ella.

–No –rió con indulgencia–. Tan solo han llegado hasta los sofás. No es fácil pararlos si no hay una puerta cerca, pero no me importa. No es un escaparate, es mi hogar.

–Creo que es una maravilla –afirmó Cait, que no sabía cómo pedirle que le enseñara el resto de la casa sin parecer una entrometida.

–¿Quieres ver el resto de la casa?

–Vaya, lo siento –dijo con una mueca de ironía–. ¿Resulta tan obvio?

–No te preocupes –dijo con una sonrisa–. Sé lo que sientes. Me encanta recorrer las casas de los demás. Resulta muy revelador.

Gracias a Dios que esa mañana no le había invitado a subir a su apartamento. Habría resultado demasiado revelador.

Primero la acompañó por el piso principal hasta el otro lado del vestíbulo de entrada, donde había dos habitaciones con puerta al jardín y sus respectivos cuartos de baño.

–Josh tiene aquí instalado su cuartel general –explicó.

–Una gran idea –asumió, lamentando la estrechez de su apartamento–. Tiene que resultar mucho más tranquilo. La música de Milly me vuelve loca.

–A mí también –asintió–. La casa no aísla demasiado el sonido con todos esos tabiques de madera. De este modo no tengo que soportar la terrible música que le gusta.

Volvieron sobre sus pasos hasta el salón, cruzaron el comedor y entraron en la cocina. Mientras Cait repasaba con envidia sana los armarios y pensaba que había sitio más que suficiente para establecer un centro de trabajo, Owen puso agua a hervir y le enseñó la despensa. Después condujo a Cait escaleras arriba hasta las habitaciones.

–Este es el cuarto de invitados –dijo mientras la llevaba a la habitación que quedaba sobre la sala de estar.

–¡Vaya, es enorme! –señaló Cait.

Se fijó en la cama con dosel y en la ventana que quedaba justo enfrente, de manera que uno podía quedarse en la cama y contemplar el bosque, los campos y regodearse en la plenitud de tanta belleza.

Siguió a Owen a lo largo de la pasarela hasta la otra habitación y él señaló el marco de la puerta, cortado en la parte superior de modo que se acoplara a los contornos de la bóveda y la viga. Tuvo que agacharse para pasar por debajo, después subió tres escalones y desembocaron en su dormitorio.

La cama era enorme y, sin embargo, apenas ocupaba espacio en la inmensidad de la estancia. Una fila de sucesivas puertas de madera construidas en roble añejo conducía respectivamente a la ducha, el servicio y el vestidor en uno de los lados. El otro lado estaba ocupado por una enorme ventana enmarcada en madera con vistas al valle.

Owen echó un vistazo a su alrededor y se acarició la barbilla, arrepentido.

—Lo siento, no está muy limpio. La señora Poole no llega hasta las once y esta mañana he salido con un poco deprisa, así que no he tenido tiempo de hacer la cama.

—No te disculpes, a mí me ha pasado lo mismo —dijo con una carcajada, pero dirigió la mirada hacia la colcha arrugada y la almohada ahuecada y sintió un escalofrío.

De pronto la enorme habitación le pareció muy pequeña y sintió a Owen muy cerca, peligrosamente cerca y decididamente masculino.

Pensó que iba a ponerse en ridículo. Pero, en ese instante, un sonido muy agudo llamó su atención y Owen se volvió hacia la puerta.

—El agua está hirviendo —dijo—. Cuidado con la cabeza al salir.

—¿Por qué no me encargo yo de eso mientras tú te cambias? —sugirió Cait y se dio la vuelta con decisión.

Owen volvió sobre sus pasos y se abalanzó sobre ella, sujetándola a tiempo para que Cait no perdiera el equilibrio y cayera por los escalones.

Sus miradas se cruzaron y ella contuvo el aliento. ¿Qué iba a pasar? Pero tuvo la sensación de que Owen recuperaba la compostura.

—Buena idea —señaló él, y reculó un paso golpeándose en la cabeza con una viga.

Se agachó y masculló entre dientes. Cait aprovechó

el incidente para bajar a la cocina mientras reprimía una sonrisa.

Pasó entre ellos para apartar el hervidor del fuego.

—Espero que seáis realmente amistosas —dijo Cait y los animales movieron la cola—. Tomaré eso como un sí.

—El café está en el armario —gritó Owen.

—Gracias —contestó ella.

Sintió un hormigueo en sus venas y procuró no pensar en el hecho de que se estaba cambiando de ropa. Podía escuchar el golpe seco sobre el suelo mientras se descalzaba, el sonido de los armarios y los cajones al abrirse y al cerrarse, el leve crujido de la cama al soportar el peso de su cuerpo.

Se había fijado en una toalla sobre un extremo de la cama, pero no había visto pijamas ni nada parecido. ¿Acaso dormiría desnudo? Una ráfaga de calor recorrió su piel y se tomó de la muñeca.

—Cait, compórtate —se dijo con orgullo—. No es asunto tuyo.

Pero quería que lo fuera. Por primera vez desde que era una mujer adulta deseaba entablar una relación con un hombre. Ese hombre en concreto: divertido, sensible, generoso. Ese hombre con ojos color caramelo y con unos labios que ansiaba besar...

Owen se sentó en el borde de la cama y suspiró. Iba a comportarse como un idiota con ella solo porque era una mujer amable, cálida, simpática y que parecía insensible a su atractivo.

Había estado a punto de besarla cuando habían tropezado en la puerta de su habitación y había tenido su boca a pocos centímetros, suave y levemente abierta por la sorpresa. El deseo lo había invadido con una furia desmedida.

Después se había apartado y se había golpeado con la viga. Y ella había bajado corriendo las escaleras muerta de risa. Bueno, eso le serviría de lección. Así no haría más el idiota.

O al menos no empeoraría las cosas. Eligió unos vaqueros y un polo grueso de jugador de rugby, sacó un suéter de un cajón, se calzó unos viejos zapatos muy cómodos y bajó. La señora Poole llegaría en cualquier momento y no quería hacer frente a su insaciable curiosidad.

–Vámonos –sugirió–. Tomaremos café por ahí si te parece bien.

–Sí, claro –afirmó ella con la cabeza–. Cualquier cosa.

–Entonces salgamos –dijo, más seguro, y se dirigió hacia la puerta.

¿Era por algo que ella había dicho? Owen parecía preocupado, molesto. Pasearon a lo largo del paseo marítimo en Aldeburgh, azotados por el viento cortante del otoño, y en cuanto sintieron los dedos y la nariz congelados, se refugiaron en el bar de un hotel para tomar café.

Parecía más relajado, así que ella también se relajó y disfrutó de su compañía. Era muy buen conversador y, a los pocos minutos, ya le estaba hablando de Milly.

–Estaba muy preocupada por ella, pero parece que lo está pasando en grande. La verdad es que nunca me divertí tanto cuando tenía su edad. Claro que es normal, puesto que la tenía a ella correteando a mis pies noche y día.

–Debiste tenerla muy joven –dijo tras estudiarla detenidamente sin una atisbo de crítica en la voz–. Tuvo que resultar muy duro.

–Y lo fue. Tenía diecisiete años recién cumplidos. Mis padres estaban al borde de la separación, los padres de mi novio también se habían divorciado y supongo que eso nos unió y buscamos consuelo. En cualquier caso, cuando mis padres descubrieron que estaba embarazada, estallaron y me echaron. Mi novio se marchó a un internado y ese fue el final. Me escribió durante una temporada, pero nunca viene a verla. Y vive en el extranjero, así que no recibo ninguna pensión. Nunca he recibido ninguna ayuda. Bueno, eso no es del todo cierto. Envió un cheque de cien libras el día del decimoctavo cumpleaños de Milly. Y ella me lo entregó porque dijo que no lo quería y que mi coche necesitaba gasolina.

¡Vaya por Dios! No había querido confesar esa parte, descubrir sus dificultades económicas para llegar a fin de mes. No tenía seguro de enfermedad, así que nunca podía tomarse un día libre. Siempre se las había apañado para abrir la tienda pese a su estado y, afortunadamente, había gozado de una salud razonablemente buena.

La amenaza era real y la preocupaba. Pero no era asunto de Owen y no necesitaba saberlo.

—Yo pensé que éramos jóvenes con veintiún años —dijo Owen, y ella calculó mentalmente que tendría treinta y nueve, cuatro más que ella—. ¿Cómo te las arreglaste? Nosotros, al menos, tuvimos la ayuda de nuestros padres y nos teníamos el uno al otro. Tuvo que resultarte una pesadilla.

—Me quedé en casa de un amigo hasta que nació mi hija —asintió—. Después el ayuntamiento me ofreció un apartamento y empecé a hacer arreglos y diseñar vestidos para la gente. Conseguí una vieja máquina de coser y así fui tirando durante años.

—¿Y cómo se te ocurrió la idea de abrir una tienda? —preguntó con curiosidad.

—Fue culpa del dinero. Una amiga me pidió que le hiciera un traje de fiesta. Me comentó que había ido a alquilarlo y que le habían pedido una cantidad desorbitada. Hice el vestido por menos dinero de lo que costaba el alquiler y mi amiga me dijo que había sido unos de los vestidos más aplaudidos del baile. Después vinieron a verme algunas de sus amigas. Pensé que una tienda me proporcionaría una buena clientela.

—Así que abriste la tienda.

—Sí, y estoy ahí desde entonces. Ha sido magnifico.

Vivir en el piso de arriba me ha permitido trabajar los días festivos sin poner en peligro a Milly. Y estaba a muy poca distancia del colegio y de sus amigas, alejada del centro de la ciudad. Es perfecto.

–¿No te sientes un poco asfixiada ahí dentro? –preguntó con una tímida sonrisa, y ella soltó una carcajada.

–Claro. Pero hago lo que tengo que hacer y es un local muy acogedor. Tengo amigos que pasan a verme, tomamos café… Y uno de ellos siempre se ocupa de cuidar el negocio si nos vamos de vacaciones. Está bien.

–Creo que eres increíble –dijo con voz suave–. Criar tú sola a Milly desde los diecisiete años y ofrecerle las posibilidades que le has dado con tan poca ayuda es asombroso. Me quito el sombrero. Eres una mujer con agallas, Cait Cooper, y te admiro profundamente.

Ella se ruborizó un poco y bajó la vista, avergonzada pero muy complacida por sus halagos.

–Gracias –susurró con voz entrecortada mientras él se levantaba.

–Vamos, volvamos al coche y busquemos algún sitio para comer. ¿O prefieres regresar a casa?

No, por nada del mundo quería regresar. Nunca.

–Tengo que terminar de leer un ensayo, ¿recuerdas? Pero creo que puede esperar un poco más.

La sonrisa de Owen era cálida y algo coqueta.

–Estoy seguro. Vamos. Has pasado los últimos dieciocho años viviendo según las reglas. Ya es hora de que te tomes un pequeño respiro. Tienes que aprender a jugar.

–Es fácil decirlo, pero no tengo un compañero de juegos –dijo sin pensar.

–Sí, claro que lo tienes –dijo casi con emoción–. Yo también he estado trabajando muy duro. ¿Por qué no nos tomamos la semana de los estudiantes de primer año? Los chicos lo están pasando en grande. ¿Y nosotros? Podríamos hacer lo mismo que hacen ellos. Los bailes, los bares, el restaurante flotante, la fiesta de disfraces. ¿Qué opinas?

—Estás completamente loco —dijo, algo tentada.

—No, no es cierto. Tuve que madurar demasiado pronto, igual que tú. Ahora Jill se ha ido y Josh está lejos. No queda nada. Es hora de empezar de nuevo, Cait, para los dos. Hagámoslo.

Ella lo miró a los ojos y sintió que perdía la cabeza.

—De acuerdo —aceptó, y se preguntó cuánto tiempo pasaría antes de que Owen le rompiera el corazón.

# CAPÍTULO 5

BIEN, ¿qué vas a hacer esta noche?
Cait rió y sacudió la cabeza.
—No. Tengo que ir a mis clases nocturnas.
—Creía que eso ya lo habíamos discutido —dijo con una sonrisa, pero ella volvió a negarse con un gesto de la cabeza.
—No. Es importante para mí —mintió—. Otra noche.
—¿Mañana?
—Tengo que terminar el vestido de boda. Eso me llevará toda la semana.
—Entonces el viernes —señaló—. Empezaremos el viernes y no habrá más excusas.
—Sin excusas —aceptó con una sonrisa.
Hubo una pausa y entonces Owen posó las manos sobre sus hombros. Inclinó la cabeza y acercó los labios a su boca. Fue apenas un roce imperceptible, pero bastó para encender el cuerpo de Cait. Él levantó la cabeza y sus ojos eran oro fundido.
—Te veré el viernes —dijo con la voz ronca y se giró, dejando a Cait apoyada contra la puerta de la tienda. A esta le flaqueaban las rodillas y sabía que si se movía caería al suelo como una muñeca de trapo.
Owen se despidió con un gesto de la mano y se alejó en su coche. Ella lo vio marchar antes de entrar en la tienda. Subió hasta el apartamento con piernas temblorosas y miró alrededor. Su hogar daba lástima en comparación con el de Owen.

\*\*\*

Owen llamó el viernes a las cinco para fijar la hora de la cita y le recomendó que se pusiera algo bonito.

–¿Qué vamos a hacer? –preguntó Cait.

–Milly y Josh van a ir a una fiesta toga –dijo–. He pensado que podríamos representar una versión modernizada.

–¡De una fiesta toga! –dijo en un tono muy agudo.

–Tranquila, no pienso contornearme delante de ti como si fuera Charlton Heston –dijo entre risas–. He pensado que podíamos ir a cenar a ese restaurante flotante de comida italiana.

–¿Y eso que tiene que ver con las togas? –preguntó con cautela.

–Nada. Pero no dejan de ser romanos modernos.

–Bien –suspiró aliviada–. ¿Tengo que arreglarme mucho?

–¿Quieres que sea una cita muy elegante? –preguntó–. Ese local tiene mucha clase.

–Elegante irá bien –dijo, tras repasar su ropero y recordar que tenía un vestido negro en la tienda bastante decente–. Pasa a recogerme a cualquier hora. ¿Tienes reserva?

–No. Voy a telefonear y después te vuelvo a llamar.

Para entonces había bajado a toda prisa a la tienda, había rebuscado entre las barras y había encontrado el vestido. Acababa de metérselo por la cabeza cuando sonó el teléfono y respondió casi sin aliento.

–¿Sí?

–¿Has estado corriendo? –bromeó Owen, y ella se llevó la mano al pecho para apaciguar su corazón.

–Estaba probándome un vestido –dijo mientras se miraba en el espejo, consciente de que mejoraba mucho con ropa un poco elegante.

–¿Qué te parece a las siete? –preguntó, y ella tuvo que morderse la lengua para no confesar que era demasiado pronto.

Tenía que ducharse, lavarse el pelo, peinarse… y no

tenía la menor idea de dónde estaba el maquillaje, en el caso de que Milly no se lo hubiera llevado a Londres.

–Es perfecto –y fue presa del pánico mientras corría de un sitio a otro.

Pese a todo estaba lista a las siete menos cuarto y se obligó a permanecer sentada, reprimiendo el impulso de correr a la ventana para esperar su llegada. Avistó el halo de los faros cuando iluminaban la pequeña plaza. Agarró el abrigo y el bolso, y bajó corriendo. Cerró la puerta de la tienda justo en el momento en que Owen salía del coche. Se quedó paralizada al verlo. Vestía esmoquin, con pajarita negra sobre una camisa blanca brillante, y podía ver desde donde estaba cómo relucían sus zapatos. Estaba impresionante y el corazón de Cait comenzó a martillearle el pecho.

–Vaya, hola –dijo con una media sonrisa de compromiso, y él sonrió a su vez.

Los ojos de Owen recorrieron su figura de arriba abajo y después se clavaron en los ojos de Cait.

–Estás preciosa –dijo con suavidad, y ella se sonrojó, de modo que sus mejillas adquirieron el color que no se había aplicado en casa.

No importaba. Si seguía dedicándole esa clase de piropos, nunca más volvería a necesitar maquillaje.


Cait estaba deslumbrante, se dijo Owen. No se la había quitado de la cabeza en toda la semana, asombrado por su coraje y su determinación. Había tenido ese bebé y, aun a costa de su propia juventud, había criado una joven de la que cualquiera se sentiría orgulloso.

Bueno, no podía devolverle su juventud, pero podía intentarlo. Había pasado la semana planeando un sinfín de cosas para hacer juntos. Había anotado una lista de las cosas que Josh solía hacer y se había esforzado en buscar equivalentes aptos para su edad.

Mientras tanto se enfrentaba a la más atractiva que

había visto en mucho tiempo, si bien no sabía en qué radicaba su belleza exactamente. Tenía que calmarse. Se permitió besarla en la mejilla, la acompañó hasta el coche y condujo hasta los muelles. Aparcó cerca del restaurante, junto a la galería de un amigo, y caminaron tomados del brazo por la orilla del mar hasta la antigua barcaza que era su destino.

Su mesa estaba junto a una ventana y veían los reflejos de las luces de la otra orilla en el agua rizada por el viento. Había música de fondo y todo lo que decían parecía escrito por un hábil guionista.

Después de la cena pidieron café y ella miró el restaurante, medio vacío, con una sonrisa triste.

—Supongo que tenemos que irnos —dijo con lástima.

Owen avisó al camarero, reacio a que la velada terminase tan pronto, y después de pagar la cuenta obligó a Cait a levantarse.

—¡Vamos! —dijo—. La noche es joven.

—¡Son casi las once!

—Perfecto. Iremos a bailar a un club.

—¡Un club! —chilló, logrando que los otros comensales se volvieran, sorprendidos.

Cait se sonrojó y Owen ocultó una sonrisa. La rodeó con el brazo y salieron juntos al muelle.

—Sí, a un club —repitió—. Es para mayores de treinta y ambos cumplimos ese requisito. Venga, te estabas quejando de que no habías tenido una vida propia.

—¿En serio? —dijo con una sonrisa—. ¡Hace más de quince años que no voy a un club!

—Pues ya es hora de que vuelvas.

Owen le levantó el cuello del abrigo para combatir el frío, la rodeó con el brazo y caminaron a lo largo del muelle hasta el centro, a uno de los locales de moda. La música estaba alta, el ritmo era constante. Owen tomó del brazo a Cait y la llevó hasta el centro de la pista de baile mientras sentía los rugidos del hombre de las cavernas que despertaba en su interior.

Cait se movía como una bailarina profesional. Su cuerpo fluía con ligereza y apoyaba la cabeza en su hombro. Owen refrenó el instinto primitivo y acunó a Cait contra su pecho. Era demasiado dulce e inocente para enfrentarse a la furia que emergía de su interior. Controló esa fuerza y apartó la urgencia que bullía en su cuerpo de un modo doloroso.

El ritmo cambió para alivio de Owen y se volvió más movido. Soltó a Cait y tuvo que soportar la tortura de observar la soltura con que movía su cuerpo. Después sonó otra canción lenta, ella volvió a sus brazos, Owen la acogió y de pronto notó cómo ella se tensaba al sentir la inminencia de su erección.

Pero volvió a acercarse, relajó su cuerpo contra él y Owen apoyó la cara contra la mejilla de ella y lanzó un largo suspiro. Sus labios rozaron el cuello de Cait y se arqueó de manera instintiva. Pero se recriminó esa actitud. No debía iniciar algo que no podría llevar a buen fin.

Un dolor, producto del deseo, recorrió su cuerpo. Cerró los ojos y se deslizó con ella al ritmo de la música, satisfecho con la simple posibilidad de tenerla entre sus brazos. Era cierto que su cuerpo no estaba exactamente satisfecho, pero su mente sí. Y debía escuchar a la razón, no al instinto.

No estaba preparado para ir más lejos y ella tampoco, al menos con él.

No por el momento. Y quizá nunca lo estuviera.


Lo había pasado bien y se había divertido como hacía años. Owen había logrado que se sintiera muy especial, pero tenía que terminar. La llevó a casa pasada la una de la madrugada. Tenía que abrir su negocio a la mañana siguiente y necesitaba al menos unas horas de sueño.

Detuvo el coche frente a la puerta y ella vaciló un instante antes de abrir la puerta.

–¿Te apetece un café? –preguntó, pero él negó con un gesto.

–No, creo que no. Es tarde y mañana tienes que madrugar –replicó.

Alargó la mano, enmarcó entre sus dedos la barbilla de Cait y tiró de ella suavemente.

–Gracias por una velada maravillosa –susurró y la besó con tanta dulzura que Cait sintió que se derretía.

Después salió del coche, abrió la puerta para ella, caminó a su lado hasta la entrada de la tienda, volvió a besarla con ternura y se alejó.

Cait estuvo a punto de salir corriendo detrás de él, pero su orgullo se lo impidió en el último momento. Se quedó de pie mientras el coche desaparecía en la noche. Después entró en la tienda y cerró con llave.

Había sido una velada maravillosa, desde luego. Y no habría querido que tuviera fin. Pero había terminado. De lo contrario, Owen habría aceptado ese café. Quizás fuera lo mejor. La verdad era que no deseaba precisamente un café sino más tiempo a su lado, y eso podría haber sido peligroso.

Subió las escaleras y escuchó un mensaje de Milly en el contestador. Parecía extrañada de que su madre hubiera salido. Cait suspiró, se quitó el vestido y lo colgó de una percha. Lo limpiaría en seco y volvería a colocarlo en la tienda. O quizá se lo quedara. Se había sentido espléndida esa noche: elegante, sexy y atractiva.

Sí, se lo quedaría.

Miró su reloj. Era demasiado tarde para telefonear a Milly. Hablaría con ella por la mañana. No parecía urgente, pero se sentía culpable por haber abandonado el hogar.

¿Y si hubiera sido algo urgente? ¿Y si Milly la hubiera necesitado?

El teléfono sonó de pronto y contestó al instante.

–Solo quería darte las buenas noches –dijo Owen en un tono íntimo, algo ronco–. No te habré despertado, ¿verdad?

–No, no me has despertado. Todavía no me he acostado. Tenía un mensaje de Milly –dijo, y escuchó un suspiro.

–Lo lamento. ¿Se trataba de algo urgente?

–No lo parecía, pero nunca se sabe. No lo sé. Quizá esté exagerando.

–No lo creo. Yo también tenía un mensaje de Josh. Voy a enviarle un mensaje a su móvil. ¿Quieres que le diga algo a Milly?

¿Y que así supiera que había estado toda la noche con él? ¡No! La inquisición no podría compararse con la reacción de su hija.

–No te molestes, ya la llamaré mañana. ¿Owen?

–¿Qué?

–¿Le has comentado a Josh que... que nos hemos visto? –preguntó con ciertas dudas.

–No –dijo tras un suspiro–. No sabía qué decir, ni siquiera si había algo que contar. No he visto a nadie desde la muerte de Jill y no sé cómo reaccionaría. Quizá se lo diga en persona, cara a cara. ¿Y tú? ¿Se lo has dicho a Milly?

–No. Yo carezco de vida social. Al menos, esta clase de vida –añadió con rubor.

–Cait, no hemos hecho nada malo –dijo con amabilidad y ella suspiró.

–Ya lo sé. Pero...

–Sí, lo entiendo. No te preocupes. Quizá crucemos ese puente juntos, más adelante, si llegamos a ese punto. Mientras tanto cuéntale cualquier cosa. Dile que fuiste al supermercado –sugirió, y ella se echó a reír.

–No sería la primera vez –confesó–. Desde que abre las veinticuatro horas he ido más de una vez a medianoche. A veces no tengo otro momento. Pero no me gusta mentirle, eso es todo.

–Entonces dile que has salido con un amigo. Eso no sería una mentira, ¿verdad?

–No, la verdad es que no –admitió con una sonrisa–. De acuerdo, diré eso.

–Bien. Entonces te veré por la noche.

—¿Esta noche? —repitió ella, el corazón acelerado.

Owen no había mencionado otra fecha y ella se había sentido un poco rechazada. ¡Qué tonta había sido!

—O mañana, llámalo como quieras. El sábado por la noche. Lleva algo más informal y no cenes. Te veré a las siete y media.

—Esperaré impaciente —dijo, preguntándose si Owen apreciaba el apremio en su voz—. Y...

—¿Sí?

—Gracias por esta noche.

—Ha sido un placer, encanto —dijo él tras una vacilación—. Que descanses.

Cait colgó el auricular con lástima, se quitó el maquillaje y se acostó, vestida con su camisón viejo. Sintió cómo su cuerpo todavía vibraba ante el recuerdo del contacto en la pista de baile y la memoria acrecentó el deseo.

Obviamente había reaccionado ante ese contacto y no había podido disfrazar la urgencia de su cuerpo. Pero, a diferencia de la mayoría de los hombres, no había hecho ni un solo movimiento para satisfacer esa pulsión ni la había acorralado en una situación para la que ella no estaba preparada.

Había demostrado en más de una ocasión que estaba por encima de la media y era mucho más maduro que el último hombre que ella había conocido. Claro que eso había sido hacía más de quince años y esa sola experiencia había bastado para apartarla de la vida.

Hasta la aparición de Owen.

Se preguntó qué habría preparado para la noche siguiente. ¡Dios santo! No le había dado ninguna pista por teléfono, salvo que no debía comer nada y que fuera con ropa informal. En todo caso no le importaba. El simple hecho de estar con él era suficiente.

Cait se arrebujó bajo el edredón, cerró los ojos y se durmió enseguida, más feliz de lo que había sido en muchos años.

# CAPÍTULO 6

UNA RONDA por los pubs!
Owen soltó una carcajada mientras arrugaba un poco los ojos y torcía los labios.

–Sí, una ronda por los pubs. ¿Piensas hacer algo mañana por la mañana?

Cait movió la cabeza, preguntándose que le tendría reservado si necesitaba saber esa clase de cosas.

–Pues nada. Bueno, pensaba trabajar un poco en el almacén. ¿Por qué? ¿No estaré en condiciones?

–¡Claro que sí! –volvió a reírse–. No voy a dejar que te emborraches como una cuba, cariño. Tan solo pensaba sugerirte que llevaras algunas cosas para pasar la noche. Así podíamos movernos en taxi y yo también tendría la oportunidad de disfrutar del ambiente. O podemos hacer eso y después llamar a un taxi para que te traiga a casa. Todo depende de ti. No hay reglas. Tan solo pensaba que estaría bien que tuviéramos nuestra propia fiesta durante toda una noche.

Dudó un instante, preocupada porque todavía no había podido hablar con Milly, pero finalmente accedió con una sonrisa.

–Está bien. Voy por las cosas. Sube, está limpio por una vez. Y lo he ordenado en tu honor –recalcó con sorna.

–Entonces será mejor que suba, ¿no crees? Así habrá valido la pena –asintió con una sonrisa y subió las escaleras tras ella.

Cait se volvió hacia él en lo alto.

–No se parece a tu casa –le advirtió.

Owen tomó sus manos con ternura, mirándola a los ojos con expresión seria.

–Deja de preocuparte. Sabes que siento verdadera admiración por todo lo que has conseguido. No me interesa juzgarte.

Ella sintió las lágrimas agolpándose en sus ojos y se volvió.

–No seas tonto. Vamos, entra.

Owen la siguió y observó el apartamento con interés. Ella había pensado que quizás se limitaría a tomar asiento, pero no lo hizo. Merodeó por toda la casa, dibujó el contorno de los muebles con los dedos, se fijó en sus pequeños tesoros. Modelos en arcilla que Milly había hecho de pequeña, una postal del Día de la Madre, un pequeño gato tejido en punto que debía de ser Bagpuss.

Sonrió con indulgencia mientras examinaba todo aquello y ella presumió que Owen tenía una colección similar recopilada a lo largo de los años. Era un hombre sentimental. Se preguntó cómo se habría enfrentado a la muerte de Jill y si el recuerdo todavía lo atormentaba.

Desde luego todavía llevaba la alianza. Se preguntó si estaría preparado para una nueva relación o si solo buscaba su amistad, sin ataduras, tal y como había dicho.

–No tardaré mucho. Siéntate –sugirió, pero él respondió que estaba bien y prosiguió su minucioso reconocimiento.

Cait regresó al cabo de unos minutos, después de rebuscar un camisón decente, y lo encontró sentado en el viejo sofá con Bagpuss soltando un montón de pelo sobre sus pantalones negros.

–¡Oh, no! ¡Fíjate en lo que ha hecho! –exclamó, y tendió a Owen un cepillo para que se limpiara. Por nada del mundo iba a sacudirle ella los pelos del regazo–. Lo lamento. ¡Eres una gata muy mala, Bagpuss! Venga, voy a darte de comer. Será mejor que tengas suficiente hasta mañana por la mañana si Owen piensa llevarme por el mal camino –le dijo al animal, que se limitó a ronronear y enroscarse entre sus piernas.

Owen estaba riendo.

–¿Qué? –preguntó ella.

–¿Yo?, ¿conducirte por el mal camino? Ojalá pudiera –murmuró y le guiñó un ojo.

Ella suspiró para sus adentros. Lamentablemente no creía que existiera la menor posibilidad de que la llevara por el mal camino, pese a su malicioso comentario. Era todo un caballero y ella tenía la terrible sensación de que deseaba mucho menos de lo que estaba dispuesta a ofrecerle.

Pero ella era una solterona desesperada y solitaria.

Claro que no tenía por qué sentirse desesperada para interesarse por él. Owen era perfectamente capaz de tentar a una santa, pero ella había perdido esa condición hacía muchos años. ¡Demonios!

–Bien, estoy lista –dijo mientras llenaba de comida el plato de la gata.

Apagó las luces, dejó encendida la bombilla del descansillo y bajó las escaleras seguida por Owen, con la bolsa de viaje en una mano después de que se la hubiera arrebatado a Cait en un gesto de galantería.

Siempre aparecía el caballero.

Ella cerró la puerta que llevaba de la tienda al apartamento, conectó la alarma del local y se dirigió a la puerta de la calle.

–¿Existe peligro de que intenten robar? –preguntó Owen.

–No lo sé –ella se encogió de hombros–. Pero procuro no correr riesgos y siempre conecto la alarma cuando voy a ausentarme mucho tiempo. Claro que dicen que la mayor parte de los robos se producen en la hora en que los niños salen del colegio, ¿verdad?

–Algo parecido. Cuando vivíamos en la ciudad nos robaron mientras estábamos en casa. ¡Por el amor de Dios! Habíamos dejado abierta la ventana del salón y habíamos salido al jardín. Entraron por esa ventana a plena luz del día y no hubo testigos.

Entraron en el coche.

–Bueno, ¿dónde vamos a empezar nuestra ronda?

–En Audley. Un taxi vendrá a buscarnos a las ocho y cuarto.

–¡Menudo lujo! –ironizó y él se encogió de hombros.

–También puedes conducir, si lo prefieres, pero eso iría en contra de nuestra meta.

–¿Cuál será el primer pub, y por qué?

–El Pato Sucio. Tiene un menú excelente.

–¿Un menú? –repitió asombrada.

–Pues sí –dijo con una sonrisa–. ¿No creerías que íbamos a recorrer todos esos locales solo a base de bebida, verdad?

Recordó su advertencia de que no comiera nada.

Al final resultó ser una ruta gastronómica. Tomaron tostadas de champiñones y beicon en el Pato Sucio, que acompañaron con un delicioso vino de su bodega. Después dieron un enérgico paseo por el centro de la ciudad hasta El Vagón y los Caballos, donde degustaron un excelso guiso de carne con verduras regado con el más fino oporto. De allí pasaron a La Campana para saborear la más pecaminosa mousse de chocolate que había probado en toda su vida, sobre un base líquida de Grand Marnier, con nata y sirope de fresa, aderezada con un vino dulce.

–Esto –dijo mientras rebañaba la última cucharada de mousse y limpiaba la cucharilla– no ha sido una típica ronda de pubs.

–Creía que nunca habías hecho una –dijo entre risas.

–Eso no significa que no sepa cómo son –señaló–, y, desde luego, no se parecen a esto. Ha sido algo…

Se quedó sin palabras y soltó una carcajada grave.

–Estupendo, ¿eh?

–Sí.

Rió de nuevo y él le sirvió el último resto de moscatel.

–Vamos, termínatelo, tenemos que ir por el próximo plato –dijo.

–¿«Próximo plato»? –dijo boquiabierta, con la voz aguda, y él asintió.

–Sí. Un café irlandés con dulces de chocolate junto al fuego de la chimenea, en mi casa. El taxi pasará a buscarnos de un momento a otro. ¿Estás lista?

–Sí, estoy lista –asintió un poco perpleja–. No sé si podré levantarme, pero estoy lista.

Lo miró, preguntándose si su voz delataba la felicidad que sentía, y recordó que él le había prometido que no la dejaría emborracharse.

Bueno, no había sido exactamente una promesa, pero eso no importaba porque él seguramente no sabía el estado en que se encontraba. Normalmente se mareaba con la primera copa. Y esa noche ya llevaba tres.

Vació el vaso y se incorporó. Se las arregló para mantenerse en pie mientras Owen la ayudaba a ponerse el abrigo. Después el taxi los condujo a través de la espesura aterciopelada del campo y ella se apoyó en su brazo, suspirando.

–¿Estás bien?

–Mmm.

Estaba demasiado mareada para hablar y no protestó cuando Owen le pasó el brazo sobre los hombros y se movió hasta que su cabeza reposó en el pecho y el brazo le rodeó la cintura. Ella volvió a murmurar algo y cerró los ojos. Estaba en la gloria…

Estaba dormida cuando llegaron a la casa y Owen la despertó con cuidado.

–¿Cait? Ya hemos llegado.

Se sentó medio dormida. Él salió del taxi, pagó la carrera y después la ayudó a bajar.

–Vamos, dormilona –dijo con ternura.

–Lo siento. No estoy acostumbrada a beber tanto –se disculpó y sonrió–. El alcohol me tumba.

–Todavía no puedes irte a la cama. Nos falta el café irlandés –le recordó.

–Solo quiero café –contestó ella, un poco achispada, y Owen sintió el aguijón de la culpa. Confió en que no tuviera resaca a la mañana siguiente.

–Vamos –la convenció; y la llevó hasta la casa para aposentarla junto al fuego.

Los perros los saludaron meneando la cola. Owen los sacó a dar un paseo, les ofreció una galleta y preparó el café.

Decidió dejar para otro momento el whisky irlandés. Cait no lo necesitaba y él tampoco estaba muy seguro. Lo último que deseaba era beber más de la cuenta y despertarse a la mañana siguiente sin recordar lo que había hecho. Necesitaba todos sus sentidos alerta cuando ella estaba tan dormida, dulce y cálida.

Owen se sentó al otro lado de la chimenea, alejado de la tentación, y empujó la bandeja con el café hacia Cait por encima de la mesa.

–¡Eh, dormilona! –dijo, y ella abrió un ojo.

–¿Me estás hablando a mí? –contestó, y él asintió.

–Sí. Ya tienes el café.

–¿Con licor?

–No, sin licor –replicó–. Creo que ya hemos bebido bastante.

Cait se inclinó hacia atrás en el asiento y se descalzó, tomó la taza de café y se acurrucó de nuevo con los pies debajo del trasero y la nariz pegada a la taza.

–¡Hum! –dijo mientras aspiraba. Sonrió y se reclinó, estirando las piernas frente a él y alterando sus sentidos.

Tomó unos cuantos palitos de chocolate y apretó el botón del mando a distancia del equipo de música. Una melodía suave inundó el ambiente de un cálido romanticismo. Se quedaron allí una eternidad, mucho después de que hubieran terminado el café y se hubiera apagado el fuego. La música también había parado. Entonces Owen se levantó y tiró de ella.

–Venga, te llevaré a tu cama. Estás hecha un trapo.

–Dijiste que no permitirías que me emborrachara –bromeó y tropezó contra su cuerpo.

–No tienes remedio –replicó–. No me dijiste que no soportabas la bebida.

–¡Por supuesto que no! Tenía que convencerte de que era un modelo de virtud –exclamó, pero estropeó su jugada con una risita tonta.

Owen se rindió. Tomó a Cait en brazos y subió las escaleras, sobre la pasarela, hasta el dormitorio. La dejó de pie en la puerta de la habitación de invitados. Su bolsa estaba ahí, preparada, y pensó que se las arreglaría para acostarse sin problemas. Si no podía, entonces dormiría con la ropa puesta. Él no podía confiar en sus instintos, sobre todo cuando estaba tan deliciosamente accesible.

Estiró la mano y sujetó a Cait por la barbilla. La luz de la luna se coló por la ventana y arrancó un destello dorado de su alianza.

Owen miró el anillo con sorpresa. Hacía tiempo que no pensaba en él, pero ahora parecía fuera de lugar, desleal tanto con Jill como con Cait. Pero si algo le había podido recordar sus responsabilidades, era eso.

Dejó caer la mano a un lado y sonrió con malicia.

–Buenas noches, preciosa –susurró–. ¡Felices sueños!

Rozó su boca con los labios, se giró y la dejó de pie junto a la puerta. Cerró con firmeza la puerta de su habitación, se sentó en el borde de la cama y tomó la fotografía de Jill que tenía en la mesilla de noche.

Era extraño lo difícil que le resultaba recordarla después de los años que habían pasado juntos. A veces reconocía su voz en las charlas con Josh, pero cada vez le resultaba más duro recordar sus rasgos.

Ya habían pasado cuatro años. Apenas nada y parecía toda una vida.

Colocó la foto de Jill en su sitio para que lo vigilara y lo mantuviera a raya. Después se desnudó, se arrebujó bajo el edredón y permaneció tumbado, atento a cada sonido proveniente de la habitación de Cait hasta que la casa quedó sumida en el silencio.

Entonces cayó en un sueño intranquilo y soñó con ella…

# CAPÍTULO 7

CAIT se despertó con la luz hiriente del sol y un terrible dolor de cabeza.

–¡Oh, no! –gimió, y se deslizó debajo del edredón para combatir la luz.

Pero no era la solución. Se dijo que le estaba bien empleado cuando, al cabo de un tiempo, el martilleo de su cabeza cesó. Sabía que no podía beber.

Escuchó un paso firme en la pasarela y trató de imaginarse cuál sería su aspecto. Recordaba que se había quitado el maquillaje la noche anterior, pero estaba segura que se había dejado pintada la raya del ojo y que el color se habría corrido durante la noche, dejando sendas marcas en sus mejillas de modo que se asemejaría a un oso panda.

Llevaba el pelo alborotado, la cabeza volvía a latirle con fuerza y lo último que quería era poner buena cara. Decidió no preocuparse. Después de todo, había sido culpa de él. Después de un golpe en la puerta, Owen asomó la cabeza.

–Hola, dormilona –dijo con voz suave, y ella apartó el edredón para mirarlo desde la otra punta de la habitación.

–Hola –refunfuñó–. Pareces terriblemente contento.

–¿Qué tal tu cabeza? –preguntó con cierta suficiencia.

–Espantosa. ¿Qué tal la tuya?

–Bien –dijo, y adoptó un tono de disculpa–. Te he traído un poco de té, si te apetece.

Cait se incorporó lentamente, cubriéndose con el edredón, firmemente sujeto bajo las axilas.

–Siempre viene bien una taza de té –aseguró y apoyó la cabeza contra el cabecero de madera con un gruñido.

–Siéntate –le ordenó Owen y colocó otra almohada detrás de su cabeza–. ¿Qué tal?

–Mucho mejor –masculló y alargó la mano para tomar la taza, de la que bebió un sorbo con precaución–. ¡Es fantástico!

Después de la segunda taza de té, el dolor de cabeza casi había remitido y pensó que podría sobrevivir a la dura jornada.

–¿Te encuentras mejor? –le preguntó Owen entonces.

–Mucho mejor, gracias –contestó Cait, que dejó la taza en la mesilla y se cubrió los hombros con las sábanas–. No puedo creer que tenga resaca.

–Seguramente fue el moscatel. Es muy peligroso.

–Era la combinación perfecta con la mousse de chocolate, que ya llevaba un buen chorro de licor. Me olvidaba de ese detalle.

–¡Ah, sí! La crema de chocolate. Tendría que haberte puesto sobreaviso. Ya la había probado y es más que suficiente para dejarte fuera de combate.

–Si he de ser justa, me emborracho con el pastel borracho de mi vecina –dijo ella secamente, y él volvió a reír–. Estás de muy buen humor.

–¿Debo entender que no tienes un buen despertar, cariño? –dijo con una ceja subida y Cait le tiró una almohada.

Owen la cazó en el aire y le devolvió el tiro. Ella hundió la cabeza en la almohada, rodó con ella hasta un lateral de la cama y soltó un quejido.

–¿Qué hora es? –preguntó a través de la tela.

–Si has dicho lo que creo que has dicho, son las once y media.

–¿Qué? –tiró la almohada y se incorporó–. ¡Imposible!

–Claro que sí. ¿Por qué? ¿Tienes que ir a alguna parte?

Cait negó con la cabeza, lo que no fue una buena idea, y soltó un gemido.

–Creo que necesitas un buen desayuno y un poco de aire fresco, seguramente en el orden inverso. ¿Por qué no te duchas, sacamos a los perros a dar un paseo hasta el río y a la vuelta tomamos desayuno?

–Fuera de aquí –ordenó y volvió a tumbarse entre las almohadas.

Era una persona totalmente despiadada. Eso fue lo que Cait decidió al cabo de un rato, más calmada. Se había acercado a ella con una sonrisa malévola, se había inclinado sobre la cama y, de un solo tirón, le había quitado el edredón. Después se había alejado y lo había dejado sobre la barandilla de la pasarela.

–Te espero abajo dentro de cinco minutos –dijo, y ella le lanzó una almohada a la cabeza.

Pero Owen se agachó y Cait escuchó el eco de su risa.

Deseó estar muerta en ese preciso momento. Todo ese movimiento de almohadas solo había conseguido que volviera su dolor de cabeza. Hizo un esfuerzo supremo y se levantó de la cama. Fue al cuarto de baño, dejó correr el agua con fuerza y estuvo a punto de escaldarse la piel.

Se sintió mejor, pese a todo, y tuvo que concederle un punto. Quizá también tuviera razón acerca del aire fresco y el desayuno. ¡Era enfermizo!

Hacía un día precioso. Pasearon a los perros por el campo y sobre el puente que cruzaba el río hasta los bosques antes de dar media vuelta.

Todo estaba tranquilo y en paz. Nada los distraía salvo el canto de los pájaros y el ajetreo de las ardillas en los árboles. Había unos escalones para saltar una cerca. Owen ayudó a Cait a bajar y después olvidó soltar su mano, de manera que continuaron el paseo agarrados y ella, llena de magnanimidad, lo perdonó por su resaca, aunque en realidad hubiera sido culpa de ella.

–Lo siento si antes he estado un poco huraña –dijo al

llegar a la casa, pero él la tomó en brazos, le besó la punta de la nariz y sonrió.

–Te perdono. Has estado bastante divertida.

Ella cerró los ojos y contó hasta diez. Pero mientras tenía los ojos cerrados volvió a besarla, solo que lo hizo en los labios, y Cait olvidó respirar. De hecho lo olvidó todo, incluso lo inaccesible que resultaba Owen para una mujer como ella y todas las razones que desaconsejaban ese camino. Pero se puso de puntillas y le devolvió el beso.

Al cabo de un rato levantó la cabeza y ella volvió a descansar sobre las plantas de los pies. Entonces lo miró, algo aturdida.

–El desayuno –recordó Owen con voz áspera, y ella asintió y lo siguió hasta la cocina mientras el corazón le latía con fuerza.

Nunca nadie la había besado de ese modo. Nadie. Nunca, en treinta y cinco años.

¡Y tan solo se le ocurría pensar en el desayuno!


Owen la llevó de vuelta a su apartamento a las tres. Milly había vuelto a llamar, una vez la noche anterior y en dos ocasiones esa mañana.

Se sentó en la butaca junto al teléfono, marcó el número, cruzó los dedos y forzó una sonrisa en su voz.

–Hola, cariño. ¿Cómo estás? –preguntó con entusiasmo.

–Muy preocupada. ¿Dónde demonios has estado?

–Lo siento, cielo, tendría que habértelo dicho. Ayer salí a tomar una copa, después fuimos a tomar café, se me hizo tarde y he pasado la noche fuera. ¿Qué ocurre? ¿Ha pasado algo?

–No –replicó Milly despacio–. ¿Con quién estuviste anoche?

¿Qué iba a decir? Una mentira… o la verdad. Owen no se lo había dicho todavía a Josh.

–No lo conoces –dijo sin comprometerse.

–¿Un hombre? ¿Has conocido a alguien? Es increíble, después de tanto tiempo. Tienes que contármelo todo. ¿Qué aspecto tiene?

–Yo no he dicho que fuera un hombre.

–No ha sido necesario. Se te nota en la voz, suena distinta –dijo tras una pausa–. ¿Te quedaste a pasar la noche fuera?

–No ha pasado nada –dijo con sinceridad mientras confiaba en que la tierra se abriese bajo sus pies–. He dormido en la habitación de invitados, sola.

–¡Vaya! –hubo una pausa mientras Milly digería la noticia y después volvió a la carga–. En todo caso, te he estado llamando porque hay un baile dentro de poco. Es el Baile de los Novatos. Será el próximo fin de semana, no tengo nada que ponerme y supongo que no habrá forma de que consigas algo y me lo hagas llegar, ¿verdad?

–¿Sugieres que te lo mande por correo? –preguntó, mientras calculaba los riesgos y el precio de semejante operación.

–No, no pensaba en eso –replicó Milly–. El padre de Josh viene a Londres el próximo viernes para dar una conferencia. Si te doy su dirección, podrías pasarte por allí y que me lo trajera.

Milly esperaba que apareciera al otro lado del hilo telefónico un conejo blanco. Así de fácil. Hacerle un vestido, entregárselo a un hombre que no conocía y… listo. La señorita podría ir al baile.

No consideraba que su madre quizá no tuviera tiempo para eso.

–¿Qué clase de vestido? –preguntó Cait, satisfecha con mantener a Milly ocupada en algo diferente que sus aventuras nocturnas.

–Bueno, ya sabes. Algo parecido a ese traje dorado, pero de mejor calidad.

–¿El traje dorado? –dijo casi sin voz.

–Sí, esa cosa con tirantes.

No era más que correas y tirantes. Había sido el vestido con el que Owen había bromeado y de ninguna manera iba a permitir que su hija llevara algo tan descocado.

–¡Lo he vendido! –mintió, pero Milly se burló.

–No quieres que lleve un vestido sin mangas –replicó, adivinando las razones ocultas, y Cait lanzó un suspiro.

–¿Y por qué quieres llevar algo así? –preguntó desesperada–. Además, no tengo tiempo. ¿Qué tal un top sin espalda ni mangas con falda de tul y una estola? ¿O algo muy ceñido, un corpiño de seda y una falda negra? Se llevan mucho este año…

–Mamá, eres muy aburrida. No tengo treinta años. Quiero algo juvenil.

–Echaré un vistazo a las telas que tengo almacenadas ahora. Estoy segura que alguna servirá. Solo espero que te siente bien, porque no podré hacer nada si no te sirve.

–Servirá –dijo su hija con confianza, y Cait deseó que estuviera en lo cierto.

–Está bien, cielo. Veré lo que puedo hacer.

–De acuerdo. Y, mamá, pásatelo bien. Te lo mereces. Ya has renunciado a demasiadas cosas por mi culpa. Es hora de que te diviertas.

¡Dios mío! Cait sentía que el corazón se le salía por la boca y casi no podía respirar.

–Gracias, cariño –dijo inquieta.

–Creo que me toca llevar un vestido para un baile a Londres el próximo viernes cuando vaya a esa conferencia –dijo Owen por teléfono más tarde.

–Eso será si llego a tiempo. Tengo mucho que hacer, incluido otro ensayo sobre derecho para mañana por la noche.

–Estás loca –repitió Owen por tercera o cuarta vez–. Bueno, ¿qué clase de vestido será? ¿No tienes alguno en el almacén que pueda servirle?

–Sí, desde luego. Tengo exactamente lo que quiere,

pero no lo va a conseguir. El vestido dorado que elegiste tú –dijo, y Owen se atragantó.

–¡Por el amor de Dios! ¿Estás segura de que es hija tuya?

–No lo sé –dijo preocupada–. Empiezo a cuestionármelo. El caso es que quizás se parezca a su madre más de lo que sería conveniente.

–Vamos, no seas tan dura contigo misma solo porque cometiste un error cuando eras una chiquilla –dijo con ternura, y ella suspiró.

–Me moriría si echara su vida a perder como yo –resopló Cait.

–No echaste nada a perder –le corrigió Owen–. Has dedicado tu tiempo a una empresa maravillosa. Has criado a Milly. No subestimes eso.

–Y ella acaba de decirme que ya he malgastado bastante mi vida y que vaya por todas –explicó.

–¿Por todas? –preguntó Owen, perplejo, y ella le contó la conversación que había mantenido con su hija.

–Yo no se lo he contado a Josh –dijo–. No he tenido valor.

–Yo tampoco se lo conté a Milly –apuntó ella–. Lo adivinó. Dijo que mi voz sonaba distinta. No sé si me creyó cuando le dije que no había pasado nada. Me sentí fatal mintiendo. Me asusta que pueda juzgarme.

–No tengas miedo –susurró Owen–. No lo hará. E incluso si lo hiciera a corto plazo, al final comprendería todo lo que has hecho por ella y entraría en razón. Tienen que madurar antes de comprender las emociones de los adultos.

Mientras trabajaba en la idea del vestido, Cait pensó que no solo ellos tenían que hacer frente a un sinfín de emociones muy complejas.

Algún pequeño retoque terminaría de realzar el vestido. Rebuscó entre las telas, encontró una tela negra y azul eléctrico, en seda, que combinaría perfectamente con el pelo oscuro de su hija. Antes de acostarse lo había colocado todo sobre el maniquí, de manera que a la mañana siguiente pudiera empezar a coser.

Todo un éxito. ¡Ya solo restaba desarrollar el ensayo de Derecho!


–¿Así que esto es todo?

–Sí. Procura no arrugarlo, aunque seguramente alguien le tirará una bebida encima en los primeros cinco minutos del baile.

–O algo peor. Al parecer la mitad de los chicos suele terminar con un coma etílico después de las fiestas de los sábados –dijo Owen–. Tan solo un poco achispada. Todavía me siento culpable.

–Bien –dijo ella con una amplia sonrisa–. ¿Cuándo volverás?

–Tarde –replicó–. El tráfico de los viernes es terrible. He pensado que voy a evitar la salida de fin de semana y aprovecharé para invitar a Josh a cenar. Me ha dicho que puedo quedarme en su cama y que él puede dormir en el suelo. Pero prefiero las comodidades de mi casa y, además, tengo que ocuparme de los perros. A no ser que quieras dormir en mi casa…

–Tengo que abrir la tienda el sábado –recordó ella y él asintió.

–Está bien. Volveré mañana por la noche, tarde. La señora Poole puede pasarse y darles de comer a las cinco. Estarán bien hasta que vuelva.

–Llámame cuando llegues para decirme qué tal está Milly –dijo ella, consciente del tono verdaderamente lúgubre de su voz.

–Seguro que estará bien. Llegaré muy tarde.

–De todas formas, llámame. ¡Por favor! Quiero saber que has llegado bien.

Los ojos de Owen brillaron de un modo especial que ella no supo identificar. Dejó el vestido a un lado y la tomó en sus brazos.

—Tengo que irme —dijo, acunándola contra su cuerpo—. Tengo trabajo pendiente antes de salir mañana.

—Quizás haga mi próximo trabajo de derecho de modo que no tengo necesidad de pasar en vela la noche del domingo —susurró ella contra su camisa, después aspiró con fuerza y suspiró satisfecha.

Era un aroma cálido y familiar, muy masculino. Una combinación de jabón y masculinidad que resultaba embriagadora.

¿Quizás eso había sido lo que la había puesto al borde del abismo el sábado anterior?

—Tengo que marcharme —repitió Owen.

Ella asintió y se puso de puntillas para darle un beso de buenas noches.

—No olvides el vestido —le recordó— o Cenicienta no podrá ir al baile.

—¿Cenicienta? ¿Milly? No es probable. No ha faltado a una sola de las fiestas, a diferencia de su madre.

—Su madre está bien. Aunque… —ladeó la cabeza y lo miró con un gesto irónico—. ¿Sabes una cosa? Me gano la vida confeccionando y alquilando vestidos para fiestas y bailes. ¿Y sabes que nunca, en toda mi vida, he ido a uno de esos bailes? ¿No es lo más estúpido que has oído nunca?

—Eso está a punto de cambiar —dijo con una sonrisa perezosa y sacó algo del bolsillo—. El sábado por la noche, en Audley. Un baile para recaudar fondos que organiza la Liga de Amigos del Hospital. He comprado dos entradas. ¡Así que esta vez, Cenicienta, irás al baile!

# CAPÍTULO 8

TE HAS quitado la alianza.

Owen se miró el dedo, desnudo y extrañamente vacío, y asintió.

—Sí, así es.

—¿Has conocido a alguna mujer?

Miró a su hijo, tratando de interpretar sus sentimientos, pero fue incapaz.

—He conocido a una, sí.

—Me preguntaba si lo harías en cuanto yo me fuera —apartó la mirada.

—No lo tenía previsto.

El chico se encogió de hombros y Owen tuvo la impresión de que trataba de disimular el dolor que sentía.

—Josh, ha sido una coincidencia. No decidí de forma deliberada buscar una mujer en cuanto tú te fueras. Pero la he conocido en el momento oportuno.

—¿Os habéis acostado?

La pregunta le produjo una fuerte conmoción. Estuvo a punto de girar la cabeza para asegurarse de que nadie más había escuchado ese comentario en el restaurante.

—No creo que eso sea asunto tuyo —dijo en voz baja—, pero no. Al menos, de momento.

—Pero es posible que lo hagas.

—Sí, es posible.

—¿Crees que mamá lo aprobaría?

Owen pensó en Jill y en Cait, tan distintas y tan parecidas a un tiempo, y asintió.

—Sí, eso creo.

—Entonces me parece bien. Siempre que tú seas feliz.

–Soy muy feliz –afirmó, y comprendió que era absolutamente cierto.

–Bien –aprobó Josh, y cambió de tema.

No parecía cómodo discutiendo algo así. Owen suspiró aliviado y se dispuso a escuchar la narración completa de las fiestas salvajes que los novatos de primer año habían organizado desde la última vez que había hablado con su hijo.

–¿Estoy bien?

Cait giró varias veces frente a él con su nuevo vestido mientras la seda rozaba su piel. Era un vestido azul noche y hacía que su piel pareciera alabastro. Owen sintió el despertar de su cuerpo.

–Estás preciosa –dijo con una voz extraña y ella sonrió con timidez, sonrojada.

La verdad era que estaba deslumbrante. Apenas se atrevía a tocarla, pero le ayudó a ponerse el abrigo con dedos temblorosos y, al rozarla con el dorso de la mano en el hombro, un fuego intenso atravesó todo su ser.

Era una noche clara, bastante fría, y supo que helaría más tarde. Encendió la chimenea en previsión de su regreso, en el caso que se sentaran junto al fuego para disfrutar de un café.

No pensaba en nada más y no quería que su imaginación volara lejos. Cada cosa a su tiempo, se repitió mentalmente.

El baile cumplió con creces las expectativas de Cait. Todo el mundo iba muy elegante y reconoció algunos de sus modelos entre los invitados.

Mientras Owen iba por sus bebidas, una de sus clientas la reconoció y se acercó para saludarla.

–¡Cait! –dijo con una sonrisa–. Me alegro de verte del otro lado del mostrador. ¡Un vestido precioso! Querido,

esta es Cait Cooper, dueña de la tienda de alquiler de trajes en Wenham. Es una mujer increíble. Tiene un talento
fuera de lo normal. Somos muy afortunados por tenerte.

—Desde luego —certificó Owen—. Cait, estos son Ryan
y Ginny O'Connor. Creo que ya conoces a Ginny, y
Ryan es uno de nuestros mejores especialistas.

—Hola —saludó Cait y estrechó la mano de Ryan—. Es
un placer. Normalmente nunca conozco a los maridos.

—Intentaré acudir a las pruebas de ahora en adelante
—dijo con un guiño.

—Solo si te dejo —dijo su esposa—. Es cosa de mujeres,
¿verdad, Cait?

—¿Qué hay del baile que me prometiste? —dijo Ryan,
y tomó a su mujer por la cintura.

Fueron a la pista de baile y Cait los miró con cierta
envidia. Nunca había bailado en un sitio así.

—A mí me parece una buena idea —dijo Owen con voz
suave mientras el aliento acariciaba la piel de Cait—. ¿A ti?

—Creo que es una idea magnífica —dijo casi sin aliento, emocionada—. No creo que recuerde cómo se hace
—confesó, y Owen rió.

—Nunca le he dado mucha importancia. Relájate. No
sabré si te has equivocado en los pasos y, si tienes cuidado, solo te pisaré un par de veces.

Ella podía sentir el roce de sus muslos mientras se des-
lizaban al ritmo de la música y estaba tan tensa que parecía
que iba a estallar. A los ojos de un desconocido habrían
pasado por una pareja más, pero podía sentir la tensión entre ellos, la pasión salvaje que latía entre sus cuerpos.

Finalmente el maestro de ceremonias anunció el último baile y la tensión creció hasta límites casi insoporta-
bles. Entonces la música cesó, la banda se retiró entre
aplausos y Owen se separó mirándola a los ojos.

—Es hora de marcharnos —dijo, y ella apreció el deseo
en su mirada.

No hablaron en el taxi, sacaron a los perros en cuanto
llegaron y calentaron agua.

–¿Café? –preguntó, y ella se encogió de hombros.

–Si quieres…

–Ya sabes lo que quiero –dijo con la voz grave y sus ojos clavados en ella.

–¿Y a qué estás esperando, Owen? –susurró con una sonrisa.

–Ven a la cama –dijo, y ella sintió que le flaqueaban las piernas.

Pero Cait tomó su mano con una absoluta confianza. Nunca había amado de ese modo y nunca lo haría. Sus manos se unieron y también lo hicieron sus corazones y sus almas. En ese instante se entregó a él por completo.

El sol de la mañana despertó a Owen, que se incorporó y miró a Cait. Estaba preciosa, las pestañas negras contrastaban con el rubor de sus mejillas. Tenía los labios un poco hinchados a causa de los besos. Se inclinó para besarla de nuevo y ella parpadeó y exhibió una sonrisa.

–Hola –murmuró, y Owen volvió a besarla.

–Hola. ¿Cómo estás?

–Maravillosamente –dijo con la mirada iluminada–. ¿Y tú?

–Exactamente igual.

Levantó el edredón y recorrió con la mirada su cuerpo desnudo. Aspiró el aroma fresco de sus pechos, coronados por unos pezones rosados, y admiró el vientre plano. Era preciosa y el deseo volvió a despertarse.

Volvió a besarla, ella se abalanzó sobre él para abrazarlo y supo que estaba perdido.

Cait nunca había sido tan feliz. Creía que sabía lo que podía esperar, pero su pobre experiencia no la había preparado para la pericia de un hombre experto en el amor. Cada caricia había sido un acierto, cada beso había tenido un objetivo concreto. El domingo por la noche, cuando la acompañó de vuelta a su apartamento, se sintió la mujer más querida del mundo.

Pero le preocupaba que no hubieran tomado precauciones y el lunes por la mañana fue a visitar a su ginecólogo.

—No creo que exista la menor posibilidad de que esté embarazada —dijo—, pero creo que debería tomar la píldora anticonceptiva de ahora en adelante.

—Puede darte una receta para la pastilla del día siguiente, pero no parece que la necesites —dijo el médico—. Bueno, tú decides.

—No, seguro que estoy bien. Soy regular como un reloj. Seguro que estoy bien.

Así que el médico hizo una exploración y le recetó la píldora para que la protegiera hasta la siguiente menstruación.

Solo que esta no se presentó. Transcurrió una semana, Milly fue a pasar el fin de semana a casa y Cait se entregó a ella en cuerpo y alma para no pensar en el retraso. Apenas veía a Owen, ya que los chicos estaban en casa. Además, se había marchado al extranjero para dar una conferencia y ella estaba desbordada por los pedidos para Navidad.

Él la llamaba por teléfono desde Italia cada día. Como no quería compartir su inquietud, Cait se explayó en contarle que el año siguiente planeaba apuntarse a más clases, e incluso marcharse fuera algunas semanas para un curso intensivo.

—Eso es estupendo —afirmó y ella se preguntó qué estaría haciendo en Italia y con quién si no le importaba que ella se marchara.

Volvió a sumergirse en el trabajo, pero finalmente no pudo sustraerse a la realidad cuando, dos semanas después del baile y tras someterse a un test de embarazo, asumió el desastre. Era martes por la mañana.

—¡Idiota! —se conminó entre lágrimas—. ¿Cómo he podido ser tan estúpida? Por segunda vez, ¡por el amor de Dios!

Pensó en las penurias que había soportado para criar a Milly, las noches en vela, el trabajo diario. Recordó el apartamento, frío en invierno y muy caluroso en verano, siempre húmedo. Se abrazó el vientre y sintió que el corazón se le hacía pedazos porque amaba al padre y él no la correspondía. Y no podía hacer nada al respecto.

Salió del cuarto de baño y descolgó el teléfono. Owen le había dejado un mensaje a las tres de la madrugada para decirle que ya había regresado y que deseaba verla esa noche. Ella también necesitaba verlo y no podía esperar. Marcó su número y respondió con la voz pastosa, adormilado.

—Tengo que verte —dijo ella con la voz trémula—. ¿Puedo ir a tu casa ahora?

—Sí, claro. Estaré listo dentro de media hora.

Ella no podía esperar tanto. Subió al coche, condujo hasta su casa y esperó sentada en el volante hasta que él salió a buscarla.

Había perdido el valor. Se quedó sentada mientras Owen cruzaba el camino de grava y abría la puerta de su coche. Tomó sus manos y la miró preocupado.

—¿Cait? —dijo—. Cariño, ¿qué ocurre? ¿Se trata de Milly?

—Necesito hablar contigo.

—Claro, vamos dentro —dijo, y la acompañó hasta la casa rodeándola con el brazo.

Estaba muy rígida, paralizada por la conmoción y la derrota. Sabía que lo iba a perder y no podía articular las palabras que lo alejarían para siempre.

Después de un momento Owen la sujetó con firmeza por los hombros y la miró a los ojos.

—¡Cait, por el amor de Dios, háblame! —dijo—. ¿Qué pasa? No me digas que te estás muriendo, por favor.

—¿Muriendo? —replicó ella, súbitamente recuperada—. No me estoy muriendo, Owen. Estoy embarazada.

# CAPÍTULO 9

MBARAZADA?

Owen se mesó los cabellos con manos temblorosas. Cait pensó que iba a acusarla por querer sacarle el dinero, igual que le había dicho Robert, y que después la echaría a la calle como su padre. Se preparó para el golpe, pero este no llegó.

Al menos, de momento.

–Ven y siéntate –dijo Owen–. ¿Quieres un té, un café?

–No, gracias.

Owen obligó a Cait a sentarse, se sentó al otro lado del sofá y se quedó mirándola.

–¿Debo interpretar que no son buenas noticias? –dijo y ella lo miró como si estuviera completamente loco.

–¿Buenas noticias? –rió y su voz se quebró–. ¿Cómo puedes decir eso? Estaba a punto de empezar a vivir después de criar a Milly. Tengo treinta y cinco años, Owen. Tendré cincuenta y tres cuando este niño vaya a la universidad. Seré una anciana. Iba a tener una carrera...

–Sí, de Derecho –concluyó Owen.

–Algo parecido, sí.

–¿Por qué?

–¿Por qué? –lo miró como se mira un fenómeno extraño–. Siempre he querido estudiar Derecho.

–Bien, quieres estudiar. ¿Y qué pasa con tu negocio?

–No lo sé. No puedo dejarlo, desde luego. Tendré que pedir ayuda para poder estudiar.

–¿Y dónde encaja el futuro bebé en todo esto?

–¡No encaja! Ese es el problema. No puedo creer que fuera tan estúpida. Todos estos años he anhelado mi li-

bertad y cuando finalmente conozco a un hombre decente, lo hecho todo a perder.

–¿Se supone que eso era un halago? –preguntó Owen.

–Lo siento –dijo con los ojos cerrados–. No pretendía
decir eso. Has sido maravilloso conmigo y lo he pasado
como nunca, pero ahora tendré que pagar por ello. Siempre me pasa lo mismo y no es justo.

–No hagas ninguna tontería, ¿de acuerdo? –dijo, y
ella lo miró con recelo.

–¿Te refieres a un aborto? ¿Crees que se trata de eso?

–No lo sé –señaló con calma–. Espero que no. De ser
así, me gustaría que cambiaras de opinión. Yo me encar-
garía del niño, de todos sus gastos, cualquier cosa. Pero
no mates a mi hijo, Cait. Haré cualquier cosa.

«Todo, excepto casarte. Dime que me quieres, Owen.
Dime que la felicidad te embarga, cualquier cosa, antes
que quedarte ahí sentado mientras intentas razonar».

–No quiero nada de ti –mintió–. Podrás verlo, por supuesto, pero no quiero tu dinero.

–¿Podré verlo todos los días, todas las noches?

–¿Todos los días?

–Sí. Has dicho que podría verlo siempre que se me
antojara. Eso significa todos días. Quiero asistir al parto,
verlo crecer. No quiero ser un padre ausente –se acercó a
Cait y tomó su mano–. Cásate conmigo, Cait. Casémo-
nos y vivamos juntos, como una familia.

–No lo dices en serio –replicó ella–. Solo quieres ase-
gurarte de que no abortaré.

–No es cierto.

–Sí –y esbozó una sonrisa–. Está bien, Owen. No voy
a hacer ninguna estupidez.

–Entonces ¿no quieres casarte conmigo?

–No funcionaría.

–Quizá sí –se levantó después de mirar el reloj–. Lo
siento, pero tengo que ir al hospital. Hay una urgencia.
Iré a verte esta noche y lo discutiremos. Piensa en ello
mientras tanto, ¿de acuerdo?

–No voy a cambiar de opinión, Owen –se incorporó y sonrió con tristeza.

–Tómate tu tiempo, por favor. Es lo único que te pido.

Ella asintió porque era lo más sencillo. Regresó a casa y pensó en las ventajas y desventajas de casarse con él. Las ventajas eran infinitas, pero la única desventaja tenía un peso demoledor. Estaba segura de que Owen terminaría odiándola.

Owen pasó un día muy duro. Estaba muy cansado después del viaje a Italia, había dormido poco y se había pasado el día en el quirófano. Pero tan solo una cosa ocupaba su mente sin descanso.

Claro que el dilema no era el bebé que estaba en camino. Era un precioso regalo con el que no había contado. Después de Josh habían buscado más hijos, pero la providencia no había sido generosa con ellos. A Jill no le había importado, pero Owen había deseado siempre tener más hijos. Ahora Cait estaba embarazada y veía ese bebé como una carga.

Tendría que convencerla de lo contrario, de modo que pudieran tener a su hijo y amarlo y cuidarlo siempre.

Llamó a Cait a las seis y le dijo que quería verla. Ella echó un vistazo al apartamento, hecho una leonera, y decidió limpiar un poco. No quería que la acusara de tener la casa como una pocilga.

–He pensado que podría ir a buscarte en taxi e invitarte a cenar aquí –dijo.

–No sé si podré comer –dijo con náuseas.

–No te preocupes por eso. Puedes tomar cualquier cosa. Yo solo… Cait, dame una oportunidad –dijo con una voz llena de ternura que revelaba su interés.

–Iré en mi coche –dijo.

—No tienes que hacerlo —protestó él, pero ella zanjó el tema.

—Sí, iré —corrigió—. Estoy bien y puedo conducir. Estoy embarazada, no inválida. Te veré más tarde. ¿A qué hora?

—¿A las siete?

—De acuerdo.

Se puso un traje bonito por orgullo y porque deseaba gustarle, aunque sabía que seguía enamorado de la madre de Josh. Ella había sido una estúpida al pensar que algún día formaría parte de su vida.

Owen salió a ayudarla. Llevaba un jersey de cachemira a juego con sus ojos color caramelo. Miró a Cait de arriba abajo al salir del coche. Ella recuperó la confianza al notar el efecto que había provocado en él. Se sentía muy vulnerable y necesitaba todo su coraje. Sabía que tenía todas las de perder. Cait le ofreció su brazo y entraron en la casa. El fuego estaba encendido. Se sentaron junto a la chimenea.

—¿Puedo ofrecerte algo de beber?

—Un poco de agua.

—¿Qué tal en el hospital? —se interesó, y él soltó un bufido.

—Ha sido horrible. Ha habido una explosión en una fábrica. He pasado el día metido en el quirófano, recomponiendo cuerpos.

—Lo siento.

—No te he preguntado cómo estás tú.

—Con náuseas y muy atareada.

—Vaya, lo lamento. Me siento culpable por lo del niño. Tendría que haber pensado en ello cuando hicimos el amor, pero Jill y yo nunca tomábamos precauciones.

—La mayoría de las mujeres toman la píldora —dijo Cait—. Pero yo ni siquiera lo pensé. Ha pasado tanto tiempo que…

—Sí, a mí me pasó lo mismo. Era la primera vez desde la muerte de Jill —su voz se quebró—. No pensé que fuera tan maravilloso. Resultó tan fácil, tan natural que, si hemos concebido un hijo, creo que era porque el destino estaba ya escrito.

Dejó el vaso sobre la mesa, se acercó a ella y le tomó la mano.

—Cait, ya sé que no es esto lo que esperabas en tu vida, pero está ocurriendo. Tenemos que afrontarlo de la mejor manera. No sé qué quieres hacer exactamente, pero te ayudaré. Si quieres licenciarte, contrataré a una niñera, y podrás volver a casa los fines de semana. Nos las arreglaremos. O puedes seguir con la tienda y alquilar el apartamento. Y Milly siempre tendrá sitio aquí, contigo. O quizás quieras dejar de trabajar y ocuparte únicamente de tu hijo. Haré lo que sea para que seas completamente feliz.

Cait comprendió que deseaba ese hijo a cualquier precio.

—También puedes quedarte en la habitación de invitados. O incluso ocupar el apartamento independiente de Josh para estar más tranquila.

—Y tú ¿qué quieres, además del bebé?

—Te quiero a ti —dijo tras una pausa—. Te quiero a ti, Cait. Te amo. Iba a pedirte que te casaras conmigo esta noche, a mi regreso de Italia. Tengo el anillo y todo lo demás. Entonces empezaste a hablar de marcharte y me entraron dudas.

—Owen, por supuesto que te quiero —dijo mientras el amor emergía—. ¡Me importa un comino el curso! Es aburrido. Solo que siempre deseé haber podido ir a la universidad. Pero solo deseo tener este hijo contigo. Solo que pensé que no me querías.

—¿Yo? —dijo, atónito—. Cait, ¿cómo puedes decir eso? Eres divertida, amable, valiente y una preciosidad.

—Pero no sé cocinar —dijo entre sollozos—. Y soy un ama de casa pésima.

—De acuerdo. Yo también.

—Además, soy una madre soltera y eso comprometería tu posición.

–¿Qué posición? –replicó disgustado–. La gente ya no se preocupa por esas cosas. Y además no estarás soltera mucho tiempo.

Sacó el anillo del bolsillo y se lo ofreció. Era un anillo de pedida de diamantes y zafiros que brillaban reflejados en sus lágrimas.

–Todavía no me has pedido que me case contigo –le recordó Cait–. Al menos no los has hecho como Dios manda.

–¿En serio? ¡Qué descuido!

Se arrodilló frente al sofá, tomó su mano y la miró a los ojos.

–Te quiero, Cait –dijo con la voz clara–. Creo que te he querido desde que te encontré llorando sobre el volante en el aparcamiento. Yo no sé si me quieres. Espero que sí. Sé que yo te amaré hasta el día de mi muerte. Cásate conmigo, Cait. Seamos una familia, los cinco. Creo que nos lo merecemos.

Ella asintió, incapaz de articular palabra.

–Claro que me casaré contigo. ¡Y claro que te amo, idiota! –dijo y se acurrucó entre sus brazos, llenando de rímel el jersey de cachemira–. Vaya, fíjate.

–Olvídalo. Puedes llorar todo lo que quieras.

–¿Dónde me llevas? –preguntó con curiosidad.

–A la cama –replicó–. Estoy cansado. Quiero tumbarme a tu lado y dormirme con el sonido de tu voz.

–Una gran idea.

# Bianca®...
## la seducción y
## fascinación del romance

### No te pierdas las emociones que te
### brindan los títulos de Harlequin® Bianca®.

¡Pídelos ya! Y recibe un descuento especial por la
orden de dos o más títulos.

| | | | |
|---|---|---|---|
| HB#33547 | UNA PAREJA DE TRES | $3.50 | ☐ |
| HB#33549 | LA NOVIA DEL SÁBADO | $3.50 | ☐ |
| HB#33550 | MENSAJE DE AMOR | $3.50 | ☐ |
| HB#33553 | MÁS QUE AMANTE | $3.50 | ☐ |
| HB#33555 | EN EL DÍA DE LOS ENAMORADOS | $3.50 | ☐ |

(cantidades disponibles limitadas en algunos títulos)

| | | |
|---|---|---|
| **CANTIDAD TOTAL** | $ | _____ |
| **DESCUENTO: 10% PARA 2 Ó MÁS TÍTULOS** | $ | _____ |
| **GASTOS DE CORREOS Y MANIPULACIÓN** | $ | _____ |
| (1$ por 1 libro, 50 centavos por cada libro adicional) | | |
| IMPUESTOS* | $ | _____ |
| <u>TOTAL A PAGAR</u> | $ | _____ |

(Cheque o money order—rogamos no enviar dinero en efectivo)

Para hacer el pedido, rellene y envíe este impreso con su nombre, dirección
y zip code junto con un cheque o money order por el importe total arriba
mencionado, a nombre de Harlequin Bianca, 3010 Walden Avenue, P.O. Box
9077, Buffalo, NY 14269-9047.

Nombre: _____

Dirección: _____ Ciudad: _____

Estado: _____ Zip Code: _____

Nº de cuenta (si fuera necesario):_____

*Los residentes en Nueva York deben añadir los impuestos locales.

## Harlequin Bianca®

# BIANCA.

*El hijo secreto de Rafiq...*

Rafiq Al-Qadim era un tipo poco corriente: un príncipe mitad árabe mitad francés que ponía por encima de todo su orgullo y su lealtad a la familia... Y eso era algo que Melanie había descubierto hacía ocho años, cuando se había enamorado de él. Después, Rafiq había preferido creer unas terribles mentiras sobre ella y la había sacado de su vida sin pensárselo dos veces...

Pero Melanie nunca había dejado de quererlo y, sin que él lo supiera, había tenido un hijo suyo. Había llegado el momento en el que Robbie necesitaba a su padre y ella tenía que sacar fuerzas de flaqueza para enfrentarse a Rafiq. Melanie había tomado la determinación de hacer que aceptara a su hijo... aunque se negara a perdonarla a ella...

## PASIÓN ORIENTAL

# Michelle Reid

Eran duros y fuertes... y los hombres más guapos y dulces de Te-
xas. Diana Palmer nos presenta a estos cowboys de leyenda que
cautivaran tu corazón.

CALHOUN- ¿Cuándo se daría cuenta el ranchero de que los
sentimientos que Abby despertaba en él eran la prueba indiscu-
tible de que se había convertido en toda una mujer?

# DIANA PALMER

## Calhoun

*Unos texanos altos y guapos...*